ORPHISE
OV
LA BEAVTE
PERSECVTEE,
TRAGI-COMEDIE.

Par le Sieur DESFONTAINES.

A PARIS,

Chez ANTHOINE DE SOMMAVILLE, au Palais,
dans la petite Sale, à l'Efcu de France.

M. DC. XXXVIII.
Auec Priuilege du Roy.

A
TRES NOBLE

ET TRES GENEREVX SEIGNEVR,
Meſſire Iacques de Sainctyon Eſcuyer Sieur
de Grizeaux, & du Breuil, Seigneur d'Appoi-
gny & de Baloches &c.

ONSIEVR,

Vous auez beau m'impoſer ſilence,
& oppoſer voſtre modeſtie au deſir
que i'ay de faire connoiſtre à tout le monde les
rares qualitez que vous poſſedez, en vn aage,
auquel on ne les à iamais veuës que par miracle:
Les obligations que ie vous ay me forcent à cette
reconnoiſſance, & ne me permettent plus deſ-
couter vne vertu, qui pour eſtre ennemie de ſes
propres loüanges, veut derober à ſes compa-
gnes, les Eloges qu'on ne leur peut oſter ſans iniuſtice, & que ie ne ſçaurois taire ſans ingrati-

ã

tude. Si vous voulez que ie fois plus obeïffant,
foyez moins genereux; ayez moins de courtoifie,
& de franchife, & tafchez (s'il eft poffible) de
me cacher cette folidité d'efprit, & de iugement, qui vous prepare vne place entre ces au-
guftes fenateurs qu'on void affis tous les iours
fur les fleurs de Lys, dans le plus celebre Parle-
ment de l'Europe; enfin foyez tout autre que
vous n'eftes, & alors ie changeray de deffein,
& i'accommoderay mon ftile à l'eftat de voftre
vie. Mais ie ne crains pas de voir iamais en vous
vn changement fi eftrange, les bonnes habitu-
des que vous auez font defia paffées en nature,
& fe rendent tellement infeparables de cette belle
ame qui les a receuës, qu'elles participent defia
à l'immortalité de leur hofteffe. Ces confidera-
tions (Monfieur) ont fait naiftre l'enuie à cette
belle ORPHISE de chercher vn azile chez vous,
& d'implorer voftre protection contre les me-
difans, les enuieux, & les ignorans; le recit que ie
luy ay fait de voftre bôté, luy fait tout efperer, &
ie croy qu'elle doit tout attendre de voftre courtoifie. Les trauerfes qu'elle à defia reffenties en
fes amours luy ont donné le tiltre de BAEVTE'
PERSECVTE'E, Mais elle aura dorefnauant en
effet celuy de Beauté bienheureufe fi elle reçoit
de vous vn fauorable accueil, & ie prendray

beaucoup de part en son bon-heur, si vous
m'accordez la qualité glorieuse de

MONSIEVR,

*Voſtre tres-humble & tres-affe-
ctionné ſeruiteur.*
DESFONTAINES.

EXTRAICT DV PRIVILEGE DV ROY.

PAR grace & Priuilege du Roy donné à Paris le 7. iour de Feurier 1637. Signé par le Roy, en son Conseil de Monçeaux. Il est permis à ANTOINE DE SOMMAVILLE, Marchand Libraire à Paris, d'Imprimer ou faire Imprimer, vendre & distribuer vne piece de Theatre Intitulée, ORPHISE, ou la *Beauté Persecutée Tragi-Comedie du Sieur* DESFONTAINES, durant le temps de neuf ans à compter du iour qu'elle sera acheuee d'Imprimer : Et deffences sont faictes à tous autres de l'Imprimer ou faire Imprimer, vendre ny distribuer sans le consentement dudit Sommauille, ou de ceux ayans droict de luy, à peine aux contreuenans de trois mille liures d'amendes, & de tous ses despens, dommages & interests, ainsi qu'il est plus au long porté par lesdites lettres qui sont en vertu du present extraict, tenuës pour bien & deuëment signifiees, à ce qu'aucun n'en pretende cause d'ignorance.

Acheué d'Imprimer le 17. Mars 1638.

LES ACTEVRS

HERMODORE.	Roy de Thebes.
LIGDAMIS.	Fils d'Hermodore amoureux d'Orphise.
THEAGE.	Amant d'Orphise.
ARIOMANT.	Prince d'Atheines.
TANCLADE.	
DORISTEL.	Courtisans de Thebes.
HELIONE.	Princesse d'Atheines.
ZARALINDE.	Sœur de Ligdamis.
ORPHISE.	Dame Thebaine.

La Scene est à Thebes.

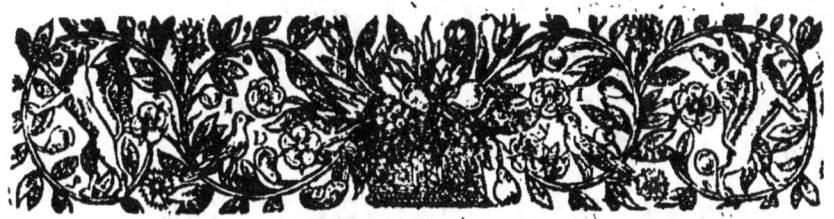

ORPHISE
TRAGI-COMEDIE.

ACTE I.
SCENE PREMIERE.

HELIONE. ORPHISE.

HELIONE.

 Ve ſert de le celer, il eſt vray (belle Or-
    phiſe)
Le Prince à tes attraits a ſoubmis ſa
    franchiſe,
Et ce digne heritier du monarque Thebain
Te preſente deſia cette Royale main
Qui doit auecque luy t'eſleuer ſur le trône.
ORPHISE.
Tenez vous ce diſcours (adorable Helione).

A

Afin de vous donner du diuertiffement :
Ou bien pour effroüer par ce beau compliment,
Dans ma condition si ie suis assez vaine,
Pour ozer efperer la qualité de Reine?
Non non, ie n'eus iamais cette prefomption,
I'ay fort peu de merite, & moins d'ambition,
Mes yeux font fans attraits , Ligdamis eft fans
    flame,
Ou s'il brufle d'amour, vous le fçauez (Madame)
Car côme on ne fçauroit vous voir, fans vous aimer;
Ie croy que vos beautez ont bien pû l'enflamer,
Et que fi quelque obiet triomphe de fa prife,
Helione à bon droit.

HELIONE.

          Peut fe plaindre d'Orphife;
Puis qu'elle ne veut pas m'aduoüer vne amour
Dont le bruit a defia remply toute la Cour.

ORPHISE.

Ce bruit (belle Princeffe) a bien peu d'apparence,
Et nos conditions ont trop de difference
Pour ne pas diffiper vne fi vaine erreur,
Qui loing de me flatter me donne de l'horreur:
Oüy Madame ce bruit m'eft de mauuais prefage,
De ce funefte amour i'appréhende i orage.
Mais pluftoft que d'entendre à ce lache deffein,
On me verra porter vn poignard dans le fein,

Ie verseray mon sang pour esteindre sa flame.
HELIONE.
Mais si la viue ardeur qui consume son ame
N'a rien qui soit contraire à ton honnesteté,
Pourras tu te resoudre à cette cruauté?

ORPHISE.
Quel que soit son amour la fin m'en est suspecte
Il est Prince, & son rang veut que ie le respecte.
Mais l'inegalité de ma condition
Destine vn autre objet à mon affection.

HELIONE.
Quel objet si charmant à ton ame rauie
Qui te fait regarder vn trône sans enuie,
Et traitter vn grand Prince auec tant de rigueur?

ORPHISE.
Theage est l'agreable, & l'vnique vainqueur
Qui tient dessouz ses loix ma liberté captiue,
Et tant que le destin permettra que ie viue,
Ie vous puis asseurer qu'il sera desormais
L'objet de tous les vœux que ie feray iamais.

HELIONE.
Apres beaucoup de crainte à la fin ie respire,
Ta resolution allege mon martyre,
Et la fidelité de ton parfaict amour
Malgré mes desplaisirs me conserue le iour:
Te le diray-je Orphise, vn peu de jalousie

A depuis quelque temps troublé ma fantaisie,
Et voyant dans tes yeux des charmes si puissans,
I'en ay maudit les traits, bien qu'ils soient innocens;
I'ay creu que tes beautez consentoient à ma perte,
Qu'aux vœux de Ligdamis ton ame estoit ouuerte,
Et que l'ambition auoit mis dans ton sein
L'espoir de reüssir en vn si haut dessein:
Mais à ce que ie voy, ta raison mieux reglée
Par de vaines grandeurs ne peut estre aueuglée,
Dedans l'egalité tu cherches tes plaisirs,
Et ton pouuoir atteint où tendent tes desirs.

ORPHISE.

Auec iuste raison ie m'estonne Madame
Que ce jaloux soupçon soit entré dans vostre ame;
Veu que vous possediez toutes les qualitez
Qui se font admirer aux parfaites beautez,
Et qu'outre les faueurs dont le ciel vous partage,
Le sang vous donne encore vn si grand auantage,
Que si vous deuez craindre en vn destin si doux
C'est de ne point trouuer qui soit digne de vous.

HELIONE.

Treue (diuine Orphise) à cette complaisance,
Ie n'ay de mes desfauts que trop de cognoissance,
Et tes charmes auroient mon espoir abatu
Si Ligdamis eust pû surmonter ta vertu;
Oüy sans tous ces mespris, & cette resistance

Qu'vn amour plus puiſſant fit faire à ta conſtance,
Ce Prince deſloyal euſt eſtouffé les feux,
Qui depuis ſi long-temps nous ont bruſlé tous deux,
Ces tendres ſentimens qui depuis ſix années
Ont ſi parfaitement nos ames enchaiſnées
En de triſtes meſpris ſe fuſſent veu changer,
Et peut-eſtre me voy-ie encore en ce danger,
Peut-eſtre que ſon cœur remply d'ingratitude
Commence d'oublier cette douce habitude
Qu'il auoit de m'aymer, & de me faire voir
Que ſur luy i'auois ſeule vn abſolu pouuoir;
Eſperons toutesfois, puis qu'Orphiſe eſt rebelle
Aux nouuelles ardeurs de ce Prince infidele
Apres tant de froideurs & de meſpris ſouffers
Il pourra bien rentrer dedans ſes premiers fers.

ORPHISE.

Madame, puis qu'Amour l'a mis dedans vos chaiſ-
   nes
Vos vœux ſont ſuperflus, & vos craintes ſont vaines
Qui vous void vne fois, vous adore touſiours,
Et la fin de ſa flame eſt celle de ſes iours.

HELIONE.

Ie viuray (belle Orphiſe) auec cette eſperance
Adieu: mais vis auſſi dedans cette aſſeurance
Que ie te feray voir en meſme occaſion
Et mon reſſentiment, & mon affection.

A iij

SCENE DEVXIESME.

ORPHISE seule.

IL est vray toutesfois Princesse infortunie
Que le Prince trahit l'amour qu'il t'a donnée,
Et qu'Orphise qui fuit vn si perfide amant
Est l'innocent objet qui fait ce changement :
Mais lors qu'il te trahit, l'infidele se trompe,
Il a beau se montrer auec beaucoup de pompe
Cette vaine grandeur dont il croit m'esblouïr
Ne seruira iamais qu'à le faire haïr :
Il commence à m'aymer, ie commence à le craindre,
Et lors que l'õ m'en parle on m'oblige à me plaindre,
Mon esprit est chagrin seulement d'y penser;
Dieux ! ne l'est-ce pas là que ie vois aduancer?

Non cet aymable objet porte sur son visage
De la fidelité la plus parfaite image;
Ah genereux Amant que ie crains qu'vn riual
Ne soit doresnauant à ton amour fatal.

Theage
paroist

SCENE TROISIEME.

THEAGE. ORPHISE.

THEAGE.

Belle Orphise d'où vient cette melancholie,
Où voſtre ame paroit ſi fort enſeuelie ?
Eſt-ce pour eſtouffer mon amoureuſe ardeur
Que vous me receuez auec tant de froideur ?
Ah! ſi i'ay le malheur d'auoir pû vous deplaire
Ie ne murmure point contre voſtre colere,
Pourueu qu'en me priuant & d'eſpoir, & d'amour,
Vous permettiez auſſi que ie perde le iour.

ORPHISE.

Pardonne (cher Theage) à l'ennuy qui me preſſe,
Et comme mon amour, partage ma triſteſſe,
Loing de me conſoler en mes iuſtes douleurs,
Tu dois tes ſentimens à nos communs malheurs :
Car encor que i'attende vn violent orage
Ie ne me plaindrois pas s'il eſpargnoit Theage,
Mais le Ciel n'auorit pas aſſouuy ſon couroux
Si m'eſtant rigoureux ton ſort eſtoit plus doux.

THEAGE.

Ah Madame ! en ce point ſa rigueur m'eſt propice,

Et ſa triſte faueur feroit vne iniuſtice;
Si lors que ſon reſpect manque pour vos attraits
Le barbare pour moy manquoit auſſi de traits:
Non non, ie beniray mon tourment, & mes peines,
Si vous preſtez la main à ſouſtenir mes chaiſnes,
Et ſi mon ſang rendoit vos deſtins plus heureux
Ie verrois le trépas d'vn viſage amoureux:
Mais de grace! Madame, afin de m'y reſoudre,
Dites moy de quel bras doit partir cette foudre,
Quel eſt mon ennemy, que ie l'oſte du iour.

ORPHISE.

Tu ne ſçaurois Theage

THEAGE.

Et pourquoy?

ORPHISE.

C'eſt Amour.

THEAGE.

Madame, c'eſt aſſez, ie voy mon infortune,
Et ie ſçay maintenant ce qui vous importune:
Cet amour que vos yeux ont fait naiſtre en mon
    cœur,
Cet aymable Tyran dont ie faits mon vainqueur,
Eſt cauſe des ennuis peints ſur voſtre viſage
Et du prochain malheur qui menaſſe Theage:
Mais Madame eſteignez ce feu qui vous deſplaiſt
Employez-y mon ſang tout fidelle qu'il eſt

Et

Et pour rendre à iamais mon ardeur estouffée:
Donnez à vos attraits vn plus noble trophee:
Ie croy que ce n'est pas sans vn sensible effort
Que vous auez conclu cet arrest de ma mort,
Et que vostre rigueur voyant mon innocence
Se fait en me tuant beaucoup de violence,
Mais Orphise estouffez cette ingratte pitié,
Perdez le souuenir de ma tendre amitié,
Et pour mettre en repos vn objet adorable,
Nespargnez point le sang d'vn amant miserable.

ORPHISE.

Theage, tu prens mal le sens de mes discours,
Destruirois-je le bras d'oùi attens du secours?
Et croy tu que l'on puisse attenter à ta vie
Sans que d'vn mesme coup elle me soit rauie?
Non non, la passion dont ton cœur est espris
N'aura iamais chez moy ny froideur, ny mespris,
I'approuue tes deuoirs, & ta grace me charme,
Mais vn autre me donne vne fascheuse alarme
Bien que tu sois au rang de ses plus grands amis.

THEAGE.

Le nom de ce riual?   ORPHISE.

C'est

THEAGE.   Qui?

ORPHISE

C'est Ligdamis.

B

Ligdamis ah! Madame vn rayon d'esperance
Flatte encor mon amour d'vne belle apparence,
Ce n'est pas qu'esbloüy d'vn rang si glorieux
Ie doute aucunement du pouuoir de vos yeux ;
Ie sçay que leurs regards triomphent des plus braues,
Et que des plus grands Rois ils se font des esclaues,
Mais quoy que *Ligdamis* brule pour vos appas
Ce sera d'vne ardeur qui ne vous nuira pas;
Peut-estre que par vous il s'est laissé surprendre,
Et que de vos attraits il n'a pû se deffendre;
Mais quand desia l'amour vous vniroit tous deux
Ce Prince ne sçauroit disposer de ses vœux
Le Roy qui le destine à porter sa Couronne
Luy va faire espouser cette belle *Helione*
Qu'il semble qu'*Almarie* esleue en cette cour
Seulement pour donner au Prince de l'amour:
Celle qui mit au iour cette ieune Princesse
Se voyant sur le point d'vne extreme viellesse,
Et qu'elle alloit laisser à sa chere moitié
Ce precieux objet de sa tendre amitié,
Auant que de mourir elle obtint d'*Almarie*
Qu'*Helione* seroit aupres d'elle nourrie,
Ce qu'à ses derniers vœux *Cenostrate* accorda,
Et l'effet du depuis à l'espoir succeda:
Doncq cette nourriture, & cette bien-veillance

Sont l'heureux fondement d'une belle alliance,
Et bien que Ligdamis fist vn rude combat
Jl faut enfin ceder aux maximes d'Estat.

ORPHISE.

Jl a le cœur trop haut, & ie suis trop peu vaine,
Pour le vouloir reduire à prendre cette peine,
S'il regloit son amour à mon ambition
Ie ne me plaindrois point de son affection;
Mais ie crains que sa flame à mõ honneur funeste
Ne garde pas long-temps vne ardeur si modeste,
Et que l'impunité qui flatte ses desseins
N'estouffe dans son cœur des sentimens si sains,
Pour faire à son amour succeder l'insolence.

THEAGE.

Ah! tout beau (belle Orphise) espargnez l'innocence,
Les nobles qualitez dont il est reuestu
Ne luy permettront pas d'outrager la vertu:
Mais encor quel suiet à fait naistre ces craintes?
Et quelle occasion authorise vos plaintes?

ORPHISE.

Theage : ne croy pas que ma presomption
Soit le seul fondement de cette passion
Mon esprit qui connoist ce Prince opiniâtre
Ne forge pas vn monstre afin de le combattre,
I'ay veu dans ses transports des presages certains
Et de ce que ie dis, & de ce que ie crains;

B ij

Auoir inceſſamment de ſes gens à ma ſuitte,
Veiller mes actions, eſpier ma conduitte,
Entendre tous les iours ce facheux compliment
Que i'ay pû de mon Prince en faire mon Amant.
Dy moy ne ſont-ce pas de ces chants de Syreines
Touſiours auantcoureurs des tempeſtes prochaines
Ou ie cours le danger d'vn naufrage euident
Si le Ciel ne deſtourne vn ſi triſte accident?
Mais i'apperçoy le Prince, adieu : ie me retire.

SCENE QVATRIEME

LIGDAMIS. THEAGE.

LIGDAMIS.

THeage eſcoute vn mot.
THEAGE.
Seigneur ; Dieux ! il ſouſpire.
LIGDAMIS.
Approche, connois tu cette ieune beauté
Qui fuit d'vn pas ſi viſte, & ſi precipité?
THEAGE.
Oüy mon prince.

LIGDAMIS.

Veux tu me rendre vn bon office?

THEAGE.

Pouuez-vous bien Seigneur douter de mon seruice?
Ay-je manqué iamais de zele, ny d'ardeurs
A rendre les deuoirs qu'on doit à vos grandeurs ?
Non non, me voila prest de suiure vostre enuie
Et pour ce mesme soin i'exposerois ma vie,
Dites moy seulement quel est vostre dessein.

LIGDAMIS.

D'estouffer vn brazier qui m'embraze le sein.

THEAGE.

Que dites vous bons dieux ! quelle est cette entre-
prise ? LIGDAMIS.
Helas tout mon dessein n'est que d'aymer Orphise.

THEAGE.

Si deuez vous pourtant vous proposer vn point
Où buttent vos desirs ou vous ne l'aymez point.

LIGDAMIS.

Ie l'adore Theage, & mon amour est telle
Que ie suis resolu de me perdre pour elle,
Si tu ne vaincs pour moy son obstination.

THEAGE.

Mais quel sera le fruit de vostre passion:
Car si vous desirez de posseder Orphise,
Comment à vos desirs sera t'elle soubmise,

B iij

Si toutes vos grandeurs ne sçauroient obtenir
Les moyens de la voir, ny de l'entretenir,
Peut-estre que flatté d'vne si belle amorce
Où l'amour manquera, vous employrez la force;
Mais de grace (Seigneur) si ce lasche dessein
Cest insensiblement glissé dans vostre sein,
Songez que les effets de cette iouïssance
Sont indignes de vous, & de vostre naissance;
Considerez qu'vn iour le sceptre des Thebains
Doit estre l'ornement de vos augustes mains,
Et que vostre renom sera bien moins illustre
Si quelque violence en efface le lustre
Ah! grand Prince euitez la noire impression
Que donnera de vous cette vile action,
Si de vostre raison vn enfant se rend maistre
Sur le point glorieux que vous allez paroistre;
Le soleil n'a iamais vn visage riant
Quand vn brouïllard espais couure son orient
L'esclat de ses rayons se perd dans le nüage,
Et sa foible lumiere est de mauuais presage.

LIGDAMIS.

Ah! que ie voudrois bien que le sort rigoureux
M'eust rendu moins puissant, ie serois plus heureux
Et l'inegalité qui fait qu'on me mesprise
Ne m'empescheroit pas de posseder Orphise
N'importe si tu sçais le chemin de son cœur

Cher Theage adoucis l'excez de sa rigueur,
Prepare son esprit, & souffle dans son ame
Les premieres ardeurs de ma naissante flame,
Exerce ton adresse à vaincre ses mespris
Et croy qu'vne autre Orphise en doit estre le prix.

THEAGE.

Ie ne dispose pas des volontez d'Orphise
Cette belle à son gré gouverne sa franchise
Et ce diuin objet de vos affections
Ne fait point par mes yeux ses inclinations;
Sa bonté seulement souffre que mes visites
M'acquittent du deuoir qu'on doit à ses merites
Et comme elle me void tousiours dans le respect
Mon abord n'est iamais importun, ny suspect
Encore qu'elle soit de mille attraits pourueüe
Ie borne mes desseins au bon-heur de sa veüe
Et parfois mon ouye est celuy de mes sens
Qui gouste auec mes yeux ces plaisirs innocens.

LIGDAMIS.

Quoy prez de tant d'attraits ton ame peu sensible
Garde malgré ses yeux le tiltre d'inuincible?
Tu la vois, tu l'entens, & sa rare beauté
Dans ses fers glorieux ne t'a pas arresté?
Est-ce qu'à son pouuoir tu t'es montré rebelle?
Ou bien qu'elle a iugé tes vœux indignes d'elle?
Theage asseurement ce chef-d'œuure des Cieux

Ne reçoit point d'encens que de la main des Deiux,
Toutesfois si tu veux me conseruer la vie
Accorde maintenant tes soins à mon enuie
Voy ma Reine, & luy ly l'excez de mon amour
Qu'elle peut me donner, ou me rauir le iour
Et que ma passion à des flames si saintes
Que la mesme vertu les verroit sans contraintes,
Dy luy que i'ayme mieux me ranger soubs ses loix
Que d'adresser mes vœux à des filles de Roys
Qu'à son occasion ie mesprise Helione
Et qu'enfin ie prefere Orphise à sa couronne.

THEAGE.

Puis qu'à ce beau dessein vous estes resolu,
Et que vous le voulez d'vn empire absolu ;
Ie verray Ligdamis cet objet adorable
Dont l'humeur à vos vœux est si peu fauorable,
Et si quelque raison peut vaincre sa rigueur,
Ie vous prepareray le chemin de son cœur.

LIGDAMIS.

Mes soins enuers ma sœur te rendront la pareille
Theage va flechir cette ieune merueille
I'attens de ton esprit mon bon, ou mauuais sort.

THEAGE. s'en allant.

Et moy de ce dessein ie n'attens que la mort.

ACTE II.

ACTE II.
SCENE PREMIERE

ORPHISE. THEAGE.

ORPHISE.

Voy Theage est-ce ainsi que tu cheris Or-
phise?
Ou plustost est-ce ainsi que ton cœur la
mesprise?
Ouy ouy, suy tes desseins, tu peux m'abandonner,
Aussi bien n'ay ie point de sceptre à te donner;
Puis que ie ne suis pas assez considerable,
Adore Zaralinde, elle est bien plus aymable,
Va dessus les debris de nostre affection
Establir son amour, & ton ambition,
Pour moy sans m'esleuer plus hault que ma nais-
sance
Ie voids auec mespris le trône & sa puissance
Et ie hays le sejour des superbes Palais
Comme des lieux qui sont ennemis de la paix.
Voy Theage combien ton amitié m'oblige
De m'offrir des presens dont le lustre m'afflige,

C

Mais voy combien ie suis indigne de bienfaits
Puis que tu recônnois le mespris que i'en faits,
Et que pour le loyer de tant de bienueillance
Mon amour offencé t'impose le silence
Tu peux apres cela conjurer Ligdamis
De te fauoriser du prix qu'il t'a promis.

THEAGE.

Vos plaintes me blâmant de ce mauuais office
Ont beaucoup d'eloquence, & fort peu de iustice,
Si vous considerez qu'vn absolu pouuoir
A forcé mon amour de ceder au deuoir,
Et que contre mon gré i'ay commis cette offence
Moins par ambition, que par obeïssance.
Le Prince Ligdamis ignorant que l'amour,
M'obligeoit comme luy de vous faire la cour,
Apres m'auoir ouuert les secrets de son ame
M'a demandé secours en l'ardeur de sa flame,
Si bien qu'estas tous deux atteints de mesmes maux
Nous nous sommes trouuez confidens, & riuaux,
Mais bien que dans mon cœur mô ardeur fust puis-
    sante,
Elle n'osa choquer cette flame naissante ;
Et comme les plus grands ont droit de commander,
Le rang de Ligdamis m'a contraint de ceder.

ORPHISE.

Vrayment cette contrainte est douce, & fauorable;

Qui se fait par les yeux d'vn objet adorable:
Et que ne peuuent pas deſſus vn foible cœur
L'authorité d'vn frere, & l'amour d'vne ſœur.

THEAGE.

Le deuoir, non l'amour a fait agir ma langue
Quand elle a proferé ſa facheuſe harangue,
Et maintenant l'amour plus fort que le deuoir
Me range pour iamais deſſous voſtre pouuoir
I'ay ſuiuy iuſqu'icy les volontez d'vn prince,
Qui regne en ſouuerain dedans cette Prouince,
Mais puis que vos beaux yeux ſont mes dieux, & mes roys
Ie ne veux deſormais receuoir d'autres loix,
Que le ſort, & l'enuie exercent leurs malices,
Que meſme voſtre haine inuente des ſupplices
Afin de m'obliger à rompre ma priſon,
Si ie conſens iamais à cette trahiſon,
Que la terre pour moy ne ſoit plus qu'vn abyſme,
Et cache auec mon corps les horreurs de mon cri-
me :
Ou ſi voſtre pitié ne veut pas differer
L'arreſt que vos rigueurs viennent de proferer,
Pour rendre entierement voſtre haine aſſouuie
Adioutez à mes maux la perte da ma vie,
Que ce fer par vos mains ſoit dans mon ſang plongé
Qui ſe vange ſoy-meſme eſt doublement vangé:

Il luy
preſente
ſon eſ-
pée nuë

C ij

Vous me verrez souffrir sans murmure, & sans
　　plainte
Ce libre chastiment d'vne offence contrainte.

ORPHISE.

Theage ie n'ay pas tant de seuerité,
Que de punir de mort vostre infidelité,
Les Dames ne font pas au meurtre accoustumées,
Et ne font point mourir pour n'estre pas aymées,
Le repentir qui suit vn infidele amant
Nous vange de son crime assez seuerement.

THEAGE.

Si quelque repentir peut vanger vne offence
Vous auez de la mienne vne haute vangeance,
Et si vous ne rendez l'espoir à mon amour
Mon extréme regret me va rauir le iour,
Prononcez dõc Madame ou ma mort, ou ma grace.

ORPHISE.

En cette occasion que faut-il que ie fasse ?

THEAGE.

Consentir à ma perte, ou signer mon pardon.

ORPHISE.

Oüy vostre repentir obtient de moy ce don.

THEAGE.

Trop fauorable arrest glorieuse asseurance
Vous me rendez la vie, auecque l'esperance,
Et vous me rauissez par des charmes si doux

Que ie crains que les dieux n'en deuiennent jaloux.

ORPHISE.

Si vous auez pour moy quelque sujet de crainte
Les dieux ne doiuent pas vous causer cette atteinte,
Ligdamis est le seul entre tous vos riuaux
Qui peut ou prolonger, ou finir vos trauaux;
Preuenez par vos soins l'effet de sa colere.

THEAGE.

Le plus grand de mes soins est celuy de vous plaire
Et pourueu que ma flame esclaire mon tombeau
Ie mourray sans regret pour vn objet si beau.

ORPHISE

Le dessein de mourir est vne triste gloire
Alors qu'il nous rauit le fruit d'vne victoire:
Dequoy vous seruiroit cet amour genereux
Si la mort receuoit la moisson de vos vœux?
De cette passion si feruente, & si tendre
Ne m'en voulez vous rien conseruer que la cendre?
Ah Theage quittez ces funestes desseins,
Donnez a vostre esprit des mouuemens plus sains,
Vostre ennemy n'est pas tellement redoutable
Qu'il vous doiue reduire a ce point deplorable;
Vous pouuez par adresse euiter ses fureurs,
Et tromper son espoir par de belles erreurs
Dites luy que d'abord interditte, & surprise,
I'ay blâmé vos discours, comme son entreprise;

Mais que vous sçauez bien que toute ma froideur
Est l'effet du respect qu'on doit à sa grandeur;
Que quelque auersion que i'aye voulu feindre
Ie ne fuis son abord, que pour le mieux atteindre:
Et pour faire paroistre aux Amans de sa Cour
Que ma beauté n'est pas la conqueste d'vn iour:
Que deux ou trois efforts vaincront ma modestie,
Mais qu'il en faut vn peu remettre la partie
Afin de me donner le loisir de gouster
Le bien dont vos discours viennent de me flatter:
Cependant son amour maintenant violente
Peut-estre deuiendra plus legere, ou plus lente,
Ou si le temps ne peut en rompre les liens,
Nous les euiterons par de nouueaux moyens.

THEAGE.

Beauté que ie dois mettre au nombre des miracles
Ie suiuray vos conseils, ou plustost vos oracles,
Armé de leur appuy ie verray Ligdamis
Et i'vseray des traits que vous m'auez permis,
Puis que dans nos amours la feinte est necessaire
Pour rompre les efforts d'vn puissant aduersaire.

ORPHISE.

Allez: & que tantost dedans ce mesme lieu
Ie puisse vous reuoir.

THEAGE.

　　　　　　　　Ie le veux bien, Adieu.

SCENE DEVXIESME.

LIGDAMIS. ZARALINDE.

LIGDAMIS.

CHere sœur que le sang m'arenduë agreable,
Mais que l'affection rend beaucoup plus ay-
   mable,
J'estimerois mes maux indignes de pitié,
Et ie croirois faillir contre nostre amitié,
Si tandis que l'amour me tient à la torture
Ie ne te descouurois l'estat de ma blessure,
Veu que i'attends ton ayde, & que ma guerison
Depend de ta bonté plus que de ma raison,
De plus ie connois bien que ton cœur est auguste,
Et qu'il veut bien m'aider en vn dessein si iuste,
Mais helas pour dompter l'ennemy que ie crains
Ie ne demande pas des courages hautains,
Pour vaincre ce cruel, mais aymable aduersaire,
Si la force m'estoit vtile, ou necessaire,
Tu ne me verrois pas implorer ton secours,
Et mon bras seroit seul à qui i'aurois recours:
Mais ie n'ay pas besoing ny de force, ny d'armes,

ZARALINDE.

Que desirez vous doncq?

LIGDAMIS.

Des appas, & des charmes.

ZARALINDE.

Ah! ce n'est pas en moy que la nature a mis
Ces traits par qui l'on peut vaincre vos ennemis,
Et vous deuiez ailleurs chercher de l'assistance.

LIGDAMIS.

Temoigne seulement vn peu de complaisance
Auecque tes attraits laisse agir ta douceur
Et sans beaucoup d'effort tu me rédras vainqueur.

ZARALINDE.

Parlez doncq clairement, & me faites comprendre
Le but de vos desirs.

LIGDAMIS.

Ie m'en vay te l'apprendre
Escoute : mais auant que te le declarer
Souuien toy (chere sœur de ne point murmurer,
Et d'accuser plustost, si mon discours t'offence
Ta curiosité, que mon obeissance.

ZARALINDE.

Ouy ie vous le promets, & ma discretion
Se fera voir esgalle à mon affection.

LIGDAMIS.

I'adore (Zaralinde) vne beauté si rare

Que

Que les traits de ses yeux toucheroient vn barbare
Et ie croirois ma vie exempte du tombeau,
Si cet objet m'estoit aussi dure, qu'il est beau:
Mais ie l'adore en vain, mon amour l'importune,
Elle fuit mon abord, elle hait ma fortune,
Et ie ne puis fleschir ce courage indompté
Sans te sacrifier à sa rare beauté.

ZARALINDE.

He bien commandez moy, que faut-il que ie fasse.

· LIGDAMIS.

Ayme, & par ton amour finira ma disgrace
Ou du moins son flambeau m'ouurira le chemin
Par où ie pourray voir vn objet si diuin.

ZARALINDE.

Vous me dites que i'ayme! & qui vostre maistresse?

LIGDAMIS.

Non: mais vn Cheualier dont l'esprit, & l'adresse
Sçauent blesser les cœurs auecque tant d'attraits
Que les plus rigoureux en redoutent les traits.
Il est vaillant, & beau, de plus issu de princes,
Dont la memoire est chere à toutes nos prouinces,
Et ce digne heritier de ses nobles ayeux
Ne degenere point de leurs faits glorieux;
Ayme le doncq ma sœur, reçoy dedans ton ame
En faueur de mes feux, les ardeurs de sa flame,
Et souffre que ma bouche en te donnant sa foy,

D

Fasse auiourd'huy pour luy, ce qu'il a fait pour moy;
De vous deux desormais i'attens ma destinée
Ne sois pas (Zaralinde) à me nuire obstinée,
Oblige mon amour, ou plustost ton Amant.

ZARALINDE.

Ie le veux bien aymer, puis qu'il est si charmant,
Et s'il obtient pour vous vne heureuse victoire,
Ses vœux emporteront vne pareille gloire,
Mais encor Ligdamis puis-ie sçauoir son nom?

LIGDAMIS.

Tu le connois assez, par la voix du renom
Qui ne suffit qu'à peine à loüer son courage
En vn mot chere sœur c'est le braue Theage.

ZARALINDE.

Theage vaut beaucoup, mais sa condition
Ne fust iamais esgalle à son ambition,
Pour oser esperer vn party de ma sorte;
Toutesfois sur le mien vostre interest l'emporte,
Ouy mon frere, Theage aura place en mon cœur,
Puis que vous desirez qu'il en soit le vainqueur,
Et que par son moyen vostre grandeur aspire
A la possession d'vn plus celebre Empire.

LIGDAMIS.

Zaralinde il est vray que l'objet que ie sers
Me captiue si bien, que i'adore mes fers,
Et qu'on ne peut esteindre vne si belle flame

Sans que l'on me separe aussi-tost de mon ame,
Encore que son rang ny son extraction
N'ayent rien de comparable à ma condition,
Ie sçay bien que le Roy d'un sentiment barbare
Taschera de m'oster vne beauté si rare,
Mais il exercera vainement sa rigueur,
S'il croit me la rauir sans m'arracher le cœur
Puis que sans le bon-heur de posseder Orphise
Le trône est desormais vn bien que ie mesprise.
Ah! que le sort est rude, & qu'aujourd'huy les Rois
Soubmettent leurs enfans à de seueres loix!
A peine ont-ils receu l'vsage de la vie
Qu'on void indignement leur liberté rauie,
Il faut viure en captifs, & c'est vn attentat
Que de contreuenir aux maximes d'estat;
Aux prix de nostre sang on acquiert des couronnes,
On achepte la paix auecque nos personnes,
Et comme à leur rigueur tout semble estre permis
Souuent on nous allie auec nos ennemis.
Mais chere Zaralinde vn Dieu que ie reuere
Nous dispence aujourd'huy de cette loy seuere,
Et veut que desormais nos inclinations
Ayent droit de disposer de nos affections:
Suiuons les volontez de ce diuin genie,
Exemptons nos destins de cette tyrannie
Qu'exercent dessus nous des peres rigoureux

D ij

Qui pour viure contens nous rendent mal-heu-
    reux,
Amour ne nous promet que des chaisnes de roses.
ZARALINDE.
Ie suiuray Ligdamis ce que tu me proposes,
Mais ne sçauray-je point quelle est cette beauté
Qui tient si puissamment ton esprit arresté?
De cette confidente honnore ma franchise.
LIGDAMIS.
Est-il besoin encor de te nommer Orphise?
ZARALINDE.
Orphise!
LIGDAMIS.
        Ah chere sœur si tu veux m'obliger
Approuue ce dessein qui ne peut plus changer:
Amour nous a rendus d'vne esgalle puissance,
Et sa rare vertu releue sa naissance,
Mais i'apperçois Theage, allons le receuoir.

SCENE TROISIEME.

LIGDAMIS. ZARALINDE. THEAGE.

LIGDAMIS.

HE bien cher confident quel fera mon efpoir?
Dois-je attēdre d'Orphife vne autre deftinée,
Son iniufte rigueur eft elle terminée ?
Ne me faits point languir defcouure moy mon fort
Eft-il trifte ou ioyeux ? fuis-je viuant, ou mort?

THEAGE.

Sacrifiez grand prince aux autels de Cythere
Orphife a relafché de fon humeur auftere
Et bien-toft voftre abord à fes yeux moins fufpect
Fera naiftre l'amour où logeoit le refpect:
Defia cette froideur qui vous eft fi connuë
Au recit de vos feux fe paffe & diminuë
Et mes difcours l'ont pû fi dextrement toucher
Qu'il n'eft plus de glafons en ce cœur de rocher.
Quand i'ay parlé d'amour cette belle farouche
M'a reietté d'abord & m'a fermé la bouche,
Mais apres fon efprit a malgré fa raifon
Goufté le doux appas de ce fubtil poifon,
Et montré que fon ame en faifant voftre peine

D iij

Eſtoit reſpectueuſe & non pas inhumaine
Elle eſt pourtant d'humeur qu'il ne faut pas preſſer
Amour eſt en poſture afin de la bleſſer
Laiſſez agir ſes traits auſſi bien que ma langue
I'acheueray le coup par vne autre harangue
Et ſans vous expoſer à ceux de ſa rigueur
Mon Prince, ie ſçauray vous en rendre vainqueur.

LIGDAMIS.

Glorieuſe eſperance! agreable nouuelle
Mon cœur d'aiſe rauy volle vers cette belle,
Et mon eſprit charmé de ſes perfections
Suit pour les adorer mes inclinations ;
Mais mes yeux ne pouuans iouyr de cette gloire
Sont ialoux des plaiſirs que gouſte ma memoire
Et veulent renoncer à la clarté du iour
S'ils ne ſont eſclairez de cet aſtre d'amour.
Procure moy ce bien adorable Theage
Fidele confident acheue ton ouurage
En faueur de l'eſpoir dont tu verras l'effet.
Ne laiſſe au nom des Dieux mon bon-heur impar-
    fait,
Que ma Reine aujourd'huy ſouffre que ie la voye
Si tu veux que ie ſois au comble de ma ioye.

ZARALINDE.

Mon frere moderez ce deſir violent
Voſtre feu plaira mieux quand il ſera plus lent,

Cette boüillante humeur aux Amans si commune
Loin de nous attirer souuent nous importune
Au lieu que la raison reglant leurs mouuemens
Nous fait auoir pour eux de meilleurs sentimens.

LIGDAMIS.

Ie suiuray chere sœur cet aduis salutaire,
Ie sçauray tout ensemble & brusler & me taire
Mes feux seront discrets, & mon seul souuenir
Aura droit desormais de m'en entretenir,
Iusqu'à ce que mes Dieux touchez de ma constance
Donnent à mes desirs vne entiere licence.
Cependant pour resuer à ce charmant soucy
Souffrez chers confidens que ie vous laisse icy,
C'est le premier deuoir où mon amour m'engage
Adieu ; souuenez vous du fidele Theage,
Aymez en ma faueur ce braue Cheualier.

*Parlant
à zaral.*

ZARALINDE.

Son merite est de ceux qu'on ne peut oublier
Et sa vertu le rend assez considerable,
Sans que vostre faueur me le rende agreable.

*Ligda-
miss'en
va.*

SCENE QVATRIEME.

ZARALINDE, THEAGE.

THEAGE.

MAdame obligez moy d'espargner mes def-
      fauts
Ie ne merite pas des eloges si hauts,
Et cette belle bouche en loüanges feconde
Accuseroit d'erreur les plus beaux yeux du monde
Si l'on ne connoissoit que vostre sentiment
Moins que la complaisance a fait ce compliment.

ZARALINDE.

Si i'en vsois ainsi ie serois peu sensee,
Mais ma bouche iamais ne trahit ma pensée.
On ne peut trop loüer vos rares qualitez
Et ie vous donne moins que vous ne meritez.

THEAGE.

De ces rares tresors dont vous flatez ma vie
Ie manque des effets, ie n'en ay que l'enuie
Mais si ie puis (Madame) vn iour les acquerir
Ie ne les veux auoir que pour vous les offrir.
A part Que dis-je toutesfois? quelle est mon entreprise?
soy.   Ne voyie pas helas que ie trahis Orphise?

                                 Ab

Ah! de crainte & d'amour importuns mouuemens
Hastez vous de finir ma vie ou mes tourmens

ZARALINDE.

Theage quelque obiet dont vostre ame est atteinte
A trauers vos discours fait voir vostre contrainte;
Dites moy, d'où vous vient cette alteration?

THEAGE.

De vos grandeurs (Madame) & de ma passion
Qui malgré tous les soins que ie prens à vous plaire
Peut-estre me rendront ingrat, ou temeraire.

ZARALINDE.

Ce soucy ne doit pas troubler vostre repos
Theage esperez tout: mais changeons de propos
Comptez moy le progrez des amours de mon frere
D'où vient qu'à ses desirs Orphise est si seuere?
Et quel charme si grand a telle dans ses yeux
Quelle captiue ainsi les hommes & les Dieux?

THEAGE.

Ie vous obeirois adorable princesse
Si pour vous contenter i'auois assez d'adresse
Mais pour bien exprimer leurs diuines amours
Le silence en ce point vaut mieux que le discours,
Employez donc vos yeux plustost que vos oreilles
Vous pouuez par Orphise apprendre ses merueilles
Et bien que sa beauté soit son moindre ornement
Elle vous tirera de vostre estonnement.

E

ZARALINDE.

Doncques pour satisfaire au desir qui me presse
Fay venir au palais cette belle deesse.

ACTE III.
SCENE PREMIERE.

LIGDAMIS. ZARALINDE. TANCLADE.

DORISTEL.

LIGDAMIS.

THe age dites vous ne m'a pas obey?
Apres tant de faueurs cet ingrat m'a tra-
    hy?
Ah perfide auiourd'huy ie te feray con-
    noiſtre
Qu'il ne fait iamais bon ſe ioüer à ſon maiſtre
Qu'en amour Ligdamis ne ſouffre point d'egaux
Non pas meſme les Dieux s'ils eſtoient ſes riuaux,
Et fuſſe tu plus grand que tu n'es temeraire
Ie te rendray bien-toſt peu capable de plaire.
Mais encor chere ſœur quelles inuentions?
Tont decouuert le but de ſes intentions.
ZARALINDE.
Lors que d'vn trait ſi beau nous nous ſentons at-
    teindre

E ij

ORPHISE

Il est bien mal aisé de souffrir & de feindre,
La langue quelquesfois peut bien dissimuler,
Mais quand elle se tait les yeux sçauent parler
Et le cœur trop pressé des ardeurs de sa flame
Montre par ses souspirs les blessures de l'ame.
Ce fut par ce moyen que Theage m'apprit
Les diuers mouuemens qui gesnoient son esprit
Que ie sçeus qu'il estoit d'vne autre intelligence,
Que le traistre abusoit de vostre confidence
Et que loing de porter Orphise à vous cherir
Tout son dessein n'estoit que de se l'acquerir;
D'abord les complimens furent mis en vsage,
Et la ciuilité parut en leur langage :
Mais dés que i'eus parlé de vostre affection,
Ie les vis aussi-tost pleins de confusion,
Leur humeur deuint sombre, & leurs ames bleßées
Firent voir que ce trait les auoit offencées
Et que pour diuiser de si parfaits accords
Vostre grandeur faisoit d'inutiles efforts.

LIGDAMIS.

Si pourtant le bon-heur seconde ma prudence
Ie m'eriray bien-tost de leur intelligence
Et ie leur feray voir que des lasches suiets
Font contre leurs seigneurs d'inutiles proiets.

ZARALINDE

Vostre ressentiment me sembleroit bien iuste

Si la cause en estoit plus belle ou plus auguste,
Mais icy la prudence est de les excuser
Puis que c'est les punir que de les mespriser ;
Considerez qu'Orphise est le flambeau tragicque
Qui vous doit exciter vne haine publicque
Si vous vous resoluez de viure sous sa loy
Malgré les volontez des Thebains. & du Roy,
Les Dieux interessez en leur commune iniure
Vous rendront ennemy de toute la nature,
Et ceux qui contre nous souloient se reuolter
Feront mesme la paix afin de vous l'oster:
En cette occasion vous serez sans refuges
Au lieu de protecteurs vous trouuerez des Iuges
Qui loing de vous deffendre en ce commun malheur
Se vangeront de vous pour preuenir le leur
Aussi bien qu'Hermodore ils diront qu'ils sont peres
Et qu'ils peuuent tomber en pareilles miseres
Si bien que la iustice esguisera leurs traits
Moins pour vostre secours que pour ses interests
Et puis que pensez vous que fasse Cenostrate
Croyez vous empescher que ce Prince n'esclatte
S'il vous voit autre part engager vostre foy
Et preferer Orphise à la fille d'vn Roy ?
Apres qu'vne Ambassade,& les vœux de la Grece
Ont demandé pour vous cette ieune princesse
Et que pour asseurer vn hymen si charmant
                              E iij

Tous les iours Hermodore attend Ariomant
Quand ce noble Seigneur sera venu d'Atheines
Le mespris sera t'il le loyer de ses peines,
Ah destournez l'effet d'vn si sensible affront
Qui pourroit reiallir iusques sur vostre front
Ostez de vostre esprit cette lasche entreprise
Aymez qui vous cherit, fuyez qui vous mesprise
Et si l'affection naist par l'egalité.
Helione (mon frere) a cette qualité.

LIGDAMIS.

He bien puis que l'estat par ses rudes maximes
A coustume d'auoir de semblables victimes
Puis que ie suis né prince, & de plus malheureux
Ie subiray (Ma sœur) ses Edits rigoureux
I'exempteray mes iours de la hayne publicque
Et pour suiure les loix d'vn pouuoir tyrannique
Ie me despouilleray de ce doux sentiment
Dont toute la nature vse si librement
Cependant ie m'en vay diuertir à la chasse
Les premiers desplaisirs d'vne telle disgrace.

ZARALINDE.

elle sort *Et moy ie vay porter cette nouuelle au Roy.*

SCENE DEVXIEME.

LIGDAMIS. TANCLADE. DORISTEL.

LIGDAMIS.

IE voy bien que chacun s'intereße pour foy
Et qu'elle craint bien moins que ie cheriße Orphi-
ſe
Que de voir ſa perſonne à Theage ſoubmiſe :
Mais quelle viue au gré de ſon ambition.
Ie ne changeray point de reſolution,
Malgré tant de conſeils c'eſt Orphiſe que i'ayme
Et la difficulté rend mon amour extreme :
Qu'on ne taſche donc plus par des vaines raiſons
De commettre enuers elle aucunes trahiſons
Puis que mon mal me plait, ie veux bien qu'on le
flatte
Qu'on vante les attraits de cette belle ingratte
Mais quiconque voudra mon deſſein diuertir
Qu'il attende du ſien vn ſoudain repentir.

TANCLADE.

Nous ne commettrons pas enuers vous cette offence
Noſtre zele conſiſte en noſtre obeïſſance
Vos ſeules volontez reglent noſtre deuoir

Vſez de nous grand prince & de voſtre pouuoir
Si vous deſirez tant de poſſeder Orphiſe
Conſentez ſeulement au deſſein de ſa priſe
Et deuant que la nuit nous derobe le iour
Vous pourrez auecque elle aſſouuir voſtre amour.

L I G D A M I S.

Ouy mais pour conſentir à cette violence
Il faudroit que ſes yeux euſſent moins de puiſſance
Ie reſpecte & ie crains ces deux chers ennemis

D O R I S T E L.

Aux princes comme vous ce qui plaiſt eſt permis
Vous ne ſçauriez iamais paroiſtre temeraire
Et le reſpect ſied bien ſeulement au vulgaire
Les timides Amans ſont touſiours malheureux
Au lieu que la fortune ayde les genereux;
Ie veux pour cet effet vous dire vn ſtratageme
Qui doit rendre auiourd'huy voſtre bon-heur ex-
　　treme
Et tromper voſtre Orphiſe auecque tant d'appas
Qu'elle ſe verra prendre & ne le ſçaura pas.

L I G D A M I S.

Dy moy donc Doriſtel ce ſecret admirable.

D O R I S T E L.

Vous aduourez Seigneur qu'il eſt incomparable
Et qu'vn crime iamais quelque fard qu'il ayt eu
Ne repreſenta mieux vn acte de vertu

Orphiſe

Orphise tous les iours pour parler à Theage
Luy donne rendez-vous à ce petit boccage
Qu'il semble que la terre à produit icy prés
Pour seruir seulement à ces Amans discrets.
On les y voit souuent faire leur promenade
Et c'est là qu'il nous faut dresser vne ambuscade:
Si tost que nous verrons cette belle arriuer
Nous ferons dextrement semblant de l'enleuer,
Et vous comme porté d'vn destin fauorable
Vous viendrez au secours de cette miserable
Où nous traittant d'ingrats, de tygres d'inhumains
Vous la retirerez fierement de nos mains
En cette émotion il vous sera facile
De la mener chez vous comme dans vn azile
On ne sçauroit trouuer de pretexte plus beau.

LIGDAMIS.

Il me plait d'autant plus qu'il est rare & nouueau.

TANCLADE.

Là vous consolerez cette belle affligée
Qui se croira sans doute à vous seul obligée,
Et recompensera d'vn traitement plus doux
Le salut apparent qu'elle tiendra de vous
Pour rendre l'action plus memorable encore
Nous nous presenterons en vestemens de More,
Et nous aurons tous deux le visage pareil
A ce peuple noircy des rayons du Soleil.

F

LIGDAMIS.

I'approuue, mes amis, cet aduis salutaire:
Mais il faut promptement executer l'affaire.
Vn long retardement n'apporte point de fruit,
Et le deffein qui traine est à demy détruit,
La valeur sert icy moins que la diligence.

TANCLADE.

Reposez-vous (Seigneur) fur noftre intelligence,
La proye affeurement tombera dans nos rets.

LIGDAMIS.

Allez donc promptement en faire les apprets,
Affeurez que ma main ne fera pas auare
Pour le iufte loyer d'vn feruice fi rare.

DORISTEL.

Nous allons, mais Seigneur où vous attendrõs nous.

LIGDAMIS.

Tancl.
& Dor.
fortent.

Ie feray dans le bois prefque auffi-toft que vous,
Defpefchez feulement. Que ma bonne fortune
M'a deffait à propos d'vne fœur importune,
Et que i'auois recours à de foibles moyens,
Pour attirer Orphife en de nouueaux liens.
Il eft vray qu'on attent en ce fiecle où nous fommes
Des femmes le difcours, & les effets des hommes:
Mais ie ris des rochers auant que d'eftre au port,
Ie me vante trop toft de la bonté du fort,
Ie fuis encor fujet aux loix de fon caprice;

He bien ne voila pas vn trait de sa malice ?
Au point que mon projet se doit executer,
Il produit vn obstacle afin de m'arrester.
Au lieu de Zaralinde il m'enuoye Hermodore.

hermo-
dore pa-
roit a-
uec sa
suitte.

SCENE TROISIEME.

HERMODORE. ARIOMANT. HELIONE.

LIGDAMIS.

HERMODORE.

CE nostrate sçait bien à quel point ie l'honore,
Et le prince porté d'vn pareil mouuement
Apprendra ce bon-heur auec rauissement :
Mais qu'à propos icy la fortune l'enuoye;
Afin de partager nostre commune ioye.

LIGDAMIS. à part.

Ma ioye a fait naufrage aupres de cet escueil
Et soubs vn front riant mon cœur porte le deüil;
Dissimulons pourtant & faisons bonne mine.

HERMODORE.

Approche Ligdamis : cette beauté diuine
Dont le rang est esgal à ta condition
Doit borner tes amours & ton ambition,

F ij

C'eſt auec cetie belle & parfaite Helione
Que tu dois partager mon ſceptre & ma couronne,
Et cet objet n'eſt pas indigne de tes vœux.

LIGDAMIS.

Non: mais ie ſuis peut-eſtre indigne de ſes feux,
Et l'orgueilleux eſclat qui luit en ce viſage
Attend de ſes attraits vn plus grand aduantage.

ARIOMANT.

Apres vos qualitez & voſtre illuſtre rang
Que peut-elle bons Dieux eſperer de plus grand,
Encore qu'elle ſoit de naiſſance royale
Son merite pourtant n'a rien qui vous eſgale
Et l'amour ſeulement comme voſtre bonté
Sont les nobles autheurs de ſa temerité.

HELIONE.

Ouy grand prince, ce Dieu dont ie porte les chaiſnes
M'oblige à renoncer aux delices d'Atheines,
Et ſoubmets ma franchiſe à de ſi iuſtes loix
Qu'elles m'ont procuré la faueur de deux Rois:
Mais ce n'eſt pas aſſez, ſi celuy que i'adore
Refuſe à mes ſouhaits la grace que i'implore
Et loing d'y conſentir, ne donne ſeulement
A mon affection qu'vn foible compliment.

HERMODORE.

Ah ce ſeroit trop peu pour vn merite extreme!
Ie veux qu'auec mon ſceptre il ſe donne ſoy-meſme,

Et que de son amour il se fasse vn degré
Pour monter sur le trône oùie suis adoré.

HELIONE.

Ce n'est pas aux grandeurs d'vn sceptre que i'aspire
Ie demande son cœur & non pas son Empire,
Et c'est sur ce beau trône oùie voudrois regner.

LIGDAMIS.

Adorable beauté vous deuez m'espargner,
Et croire que mon ame est assez genereuse
Pour souhaitter de vous cette fortune heureuse,
Ouy Madame mon cœur est sensible à vos traits,
Et ie l'aurois offert à vos diuins attraits,
Si tout en mesme temps le respect & l'audace
N'auoient remply mon sein & de flame & de glace
Ces mouuemens diuers esgalement puissans,
Malgré ma passion ont diuisé mes sens:
Mais puis que vos faueurs se rangent à mon ayde
L'audace maintenant à la crainte succede,
Et tous mes sens rangez au party de l'amour
M'obligent desormais de vous faire la cour.
Cependant s'il vous plaist belle & charmante Reine.
Trouuez bon que i'ennoye en la forest prochaine
Dire à quelques Seigneurs qui seroient en soucy
L'agreable sujet qui me retient icy,
Et que par vne chasse à nulle autre pareille
Ie suis pris dans les rets d'vne ieune merueille;

Où si voſtre bonté diſpence mon deuoir
Ie m'en vay vous laiſſer pour vous mieux receuoir.

HELIONE.

Si ie vous retenois ie croirois faire vn crime
C'eſt aſſez que ie ſois la premiere victime,
Qui reçoiue l'honneur de reſſentir les coups
D'vn chaſſeur dont le trait m'eſt ſi cher & ſi doux.

HERMODORE.

I'approuue Ligdamis cette belle entrepriſe,
Va de quelque beaucoup ſolemniſer ta priſe.

LIGDAMIS.

Le coup aſſeurement en ſera ſi fameux
Qu'il en ſera parlé iuſques à nos neueux.

SCENE QVATRIEME.

ORPHISE. dans le boccage.

STANCES.

Tyran des cœurs, bourreau des ames,
Maiſtre des humains & des Dieux
Redoutable vainqueur des plus ambitieux
Dieu de fers, de ſouſpirs, de tourmens, & de flames,
Amour que les coups de tes traits
Ont d'abord de puiſſans attraits

Qu'ils font vne agreable & charmante bleſſure:
   Mais apres de ſi doux momens
Helas! que ta douceur change bien de nature
   Et qu'elle eſt fatale aux Amans!

   Puis que ie vis ſoubs ton Empire
   Et que ie ſuis ſans liberté
Pourquoy m'affliges-tu de l'importunité
Des tranſports violens d'vn Prince qui ſouſpire:
   Ie ne puis partager mes vœux,
   Mon amour ne peut-eſtre à deux,
Theage eſt mon Amant, Ligdamis eſt mon Prince,
   Mais le premier eſt mon vainqueur,
Et ſi l'vn deuint Roy d'vne belle Prouince
   L'autre le ſera de mon cœur.

   Vne choſe leur eſt commune
   Parmy leurs inegalitez
Deux Aueugles des deux ſont les Diuinitez,
L'vn doit tout à l'amour, & l'autre à la fortune:
   L'vn n'a reçeu que les ardeurs,
   L'autre eſt au faiſte des grandeurs
Et ſon ambition ne peut eſtre aſſouuie
   Theage n'a rien que ma foy
Toutesfois cet Amant void monter ſans enuie
   Son Riual au trône d'vn Roy.

Prince dont l'iniuste puissance
S'oppose à nos feux innocens
Si ie suis insensible aux peines que tu sens
Ne prens point ma rigueur pour desobeïssance:
Vn Dieu dont tu sens le pouuoir
Me dispence de ce deuoir
Ie ne puis resister à celuy qui te dompte
S'il rend Theage triomphant
Afin de mieux couurir mes reffus & ta honte
Dy que c'est le choix d'vn enfant.

Beaux arbres esleuez en ce boccage sombre
Où mesme en plein midy le soleil est à l'ombre
En attendant le mien, prétez moy le couuert
Dessoubs vostre feuillage aussi frais qu'il est verd,
Et laissez moy resuer dans vostre solitude
A l'agreable objet de mon inquietude.

SCENE V.

SCENE CINQVIEME.

ORPHISE. TANCLADE.

DORISTEL. deguisez en Mores.

ORPHISE. poursuit en les voyant.

Ais quels monstres affreux paroissent à
 mes yeux ?
Ils m'abordent helas! secourez moy bons Dieux!
Empeschez immortels qu'on ne me fasse outrage!
Monstres que voulez-vous où vous porte la rage?
   TANCLADE.
Suiuez nous belle Nymphe & ne contestez plus.
   ORPHISE.
Cher Theage au secours!
   DORISTEL.
     Ces cris sont superflus.
Aussi bien que l'espoir la resistance est vaine
Suiuez si vous voulez que l'on ne vous entraine.
   ORPHISE.
Ah barbares, plustost employez vos efforts
A mettre en mille parts ce deplorable corps.
Esteignez dans mon sang vostre brutale enuie
Percez ce tendre sein, arrachez moy la vie

       G

Ie verray le trespas auecque moins d'horreur :
Monstres que tardez vous, montrez vostre fureur
Cet estomac attend la pointe de vos armes
Percez, tygres, mon sang fera tarir mes larmes
Et sa course fatale estouffera mes cris.

SCENE SIXIESME.

LIGDAMIS. ORPHISE. TANCLADE.

DORISTEL.

LIGDAMIS. auec suitte.

Qve voy-ie iustes Dieux !

TANCLADE.

Ah nous sommes surpris.

LIGDAMIS.

Perfides vous mourrez, si vos mains criminelles
A vos coupables pieds n'ont attaché des aisles,
Rien ne vous peut sauuer des foudres de mon bras,
Quoy lasches vous fuyez vn glorieux trespas
Et d'vn infame sang vous vous monstrez auares
Quand il faut acquerir des richesses si rares ?
Allez Monstres affreux qui n'auez rien d'humain
Vous ne meritez pas de mourir de ma main.

Tancl.
& Dor.
s'enfu-
yent.

Mais diuine beauté quelle est cette aduanture
D'où viennent ces demons qu'a produit là nature
Quelle estrange fureur les armoit contre vous
Qu'ils n'ont pas respecté tant de charmes si doux
Quoy les Dieux n'ont ils pas deffendu leur ou-
    urage?
Non, vn si noble coup demandoit mon courage,
Et malgré vos rigueurs le destin a permis
Qu'il ayt heureusement chassé vos ennemis.

Reue-
nât vers
Orphi-
se.

ORPHISE.

Grand prince ie ne sçay quelle iniuste licence
Armoit ces estrangers contre mon innocence
Mais ie connois assez les genereuses mains
Dont la force a destruit leurs proiets inhumains
Ouy Seigneur ie connois cet illustre visage
Dont l'adorable aspect à dissipé l'orage,
Qui vient de menasser ma vie & mon honneur.

LIGDAMIS.

Vous deuez moins Orphise à mon bras, qu'au bon-
    heur
Qui m'a fait à propos venir en ce boccage
Afin de repousser cet insolent outrage:
Vous donnant du secours i'ay fait ce que i'ay deu
Puis que vostre malheur m'eust moy-mesme perdu
Et que depuis long-tēps, vous le sçauez Madame,
Vostre beauté possede & mon cœur & mon ame:

Ie n'ay donc belle Orphise en ce noir attentat
Obligé que moy-mesme ou plustost mon estat
Qui priué des attraits d'vn objet adorable
Perdoit ce qu'il auoit de plus considerable.

ORPHISE.

Ah vous auez plustost par ce triste combat
Troublé vostre repos & celuy de l'Estat,
Et ie me voy remise en ma premiere crainte
Si vostre passion n'est pas encore esteinte.

LIGDAMIS.

Bien que vostre rigueur s'oppose à mon amour
N'esperez pas sa fin qu'en me priuant du iour
Bannissez toutesfois la crainte de vostre ame
Ie n'ay pour vos appas qu'vne innocente flame
Et quelque vaine erreur qui me rende suspect
Ie forceray vos yeux d'admirer mon respect
Reprenons cependant le chemin de la ville
Ie veux dans mon palais vous donner vn azile
Craignant que de nouueau la force, ou le malheur
Ne vienne à vos despens exercer ma valeur.

ACTE IV.
SCENE PREMIERE.

THÉAGE.　　sortant du boccage.

Elas ie n'en puis plus, ie suis tout hors d'ha-
　　leine,
Et ie pers vainemẽt & mes pas & ma peine
Tout ce par cest desert, & l'horreur seulement
S'offre aux tristes regards d'vn malheureux amant
Tout ce que i'aperçois m'est de funeste augure
Ma crainte & mon amour me donnent la torture :
Et pour accroissement de tous mes desplaisirs
Où i'ay le moins d'espoir i'ay le plus de desirs.
Ah diuine beauté quelle raison puissante
T'oblige à me tuer par cette longue attente.
Quels obstacles si grans te peuuent retenir
Ou quels fascheux demons t'empeschent de venir
Tandis que ie t'accuse en l'ennuy qui me presse,
Ou de trop peu d'amour ou de trop de paresse.
Vien d'vn pas diligent me tirer de la nuict
Où ton retardement à present me reduit,
Ce n'est que trop long-temps faire l'experience
　　　　　　　　　　　C iij

Et de ma passion & de ma patience,

Il se
promet
ne en
refuant, *Vien banir de mon cœur ce penible soucy,*

Ou s'ache que sans toy ie vay mourir icy.

* * *

SCENE DEVXIESME.

LIGDAMIS. TANCL. DORIST. THEAGE.

LIGDAMIS. parlant à Doristel.

Voy comme il est resueur.

DORISTEL.

Il attend son Orphise.

Et peut estre seigneur qu'il ignore sa prise
Il luy faut desguiser l'effect de ce dessein.

LIGDAMIS.

Theage quel soucy te deuore le sein?

THEAGE.

Ah!

LIGDAMIS.

Quoy?

THEAGE.

Les petits maux font de belles harangues
Mais la nature aux grands n'a point donné de lan-
gues,

LIGDAMIS.

A tu sceu l'accident arriué ce matin.

THEAGE.

Non:

LIGDAMIS.

Qui t'afflige donc?

THEAGE.   *La rigueur du destin.*

Qui parmy les langueurs d'vne attente importune
Nous predit à tous deux vne perte commune.
Orphise me deuoit icy venir trouuer
Et ma commission se deuoit acheuer
En faueur de l'amour que vous auez pour elle.

LIGDAMIS.

Tu pers icy le temps n'attens plus cette belle
Deux hommes inconneus par vn triste projet
Nous ont

THEAGE.

Quoy iustes Dieux?

LIGDAMIS,

Enleué cet objet.

THEAGE.

Orphise est enleuée! ô malheur! ô désastre!
Quoy vous pouuez souffrir l'eclipse de cet astre?
Vous pouuez l'oublier, & sans la secourir
Tous deux les bras croisez, nous la laissons perir
Ah pour des nobles cœurs c'est trop d'ingratitude.

LIGDAMIS.

Deliures ton esprit de cette inquietude,
Mon bras a destourné le coup de ce malheur
Et i'ay pour mon amour employé ma valeur.

THEAGE.

I'auray donc le bon-heur de la reuoir encorē?
Ah prince genereux il faut qu'on vous adore!
Mais où l'auez vous mise apres ce grand effroy?

LIGDAMIS.

Ne te tourmente point Theage : elle est chez moy
Les Dieux l'ont maintenant en ma garde commise.

THEAGE.   à part.

Dieux que vous me donnez vne cruelle crise !
Mais

LIGDAMIS.

Comme ma valeur a bien pû la sauuer
Ma prudence & mes soins la pouront conseruer.

THEAGE.

Ouy seigneur mais apres cette insigne victoire
A peyne pourrez vous conseruer vostre gloire
Si vous la retenez dedans vostre maison.

LIGDAMIS.

Soit : que ma volonté te serue de raison
Ie suiuray mes desirs en depit de l'enuie,
Et personne n'a droit de censurer ma vie,
Mais ce facheux discours à desia trop duré

A force

A force de parler ie me sens alteré.

THEAGE.

He bien n'en parlons plus.

LIGDAMIS.

voy le long de la plaine.
Si tu descouuriras quelque claire fontaine
Pour appaiser ma soif ie ne veux que de l'eau.

THEAGE.

Ie vay plustost querir en ce prochain hameau
Vn breuuage plus propre à cette auguste bouche.

Theage sort & Ligdamis demeure auec
Tanclade & Doristel.

SCENE TROISIESME.

LIGDAMIS. TANCLADE. DORISTEL.

LIGDAMIS.

IE voy bien où le mal plus viuement le touche,
Mais comme son adresse a trahy mon amour,
Ie sçauray me vanger par vn semblable tour.

DORISTEL.

Ouy, seigneur, mais ie crains qu'vne humeur trop fa-
cile
Ne rende en peu de iours nostre peine inutile,

Car vous ne possedez Orphise qu'à demy
Puis que vous vous fiez mesme à vostre ennemy.

LIGDAMIS.

Estant ce que ie suis que peut il entreprendre?

DORISTEL.

Ce qu'vne aueugle amour a coustume d'apprendre
A ceux que le malheur reduit au desespoir.

LIGDAMIS.

Theage pour l'ozer a trop peu de pouuoir.

TANCLADE.

Ah mon prince! escoutez ce propos veritable
Il n'est point d'ennemy qui ne soit redoutable
Puis que le plus abiet de tous les animaux
Contre l'Aigle autrefois se vangea de ses maux
Auez vous remarqué le discours de Theage?
Auez vous obserué son geste, & son visage?
Ne me croyez iamais, si son perfide sein
Ne couue contre vous quelque mauuais dessein.

LIGDAMIS.

I'en veux dés à present faire l'experience.

TANCLADE.

Tenez vous doncq tousiours dedans la deffiance,
Le voicy qui retourne auec vn vaze en main
Peut estre l'instrument d'vn projet inhumain
Mon prince commandez qu'il en fasse l'espreue.

SCENE QVATRIEME.

LIGDAMIS. TANCL. DORIST. THEAGE.

THEAGE. auec vn vaze.

IE n'ay veu pres d'icy ny fontaine, ny fleuue,
Mais vn bon Paysan rencontré dans ces lieux
M'a mis dedans ce vaze vn vin delicieux,
Tenez Seigneur.

LIGDAMIS.

Ma soif n'est plus si violenté
Et la moitié pour moy n'est que trop suffisante
Beuuez auparauant.

THEAGE.

Ie serois effronté
Si ie faisois (Seigneur) cette inciuilité
Bien qu'à ce compliment mon ame soit confuse
Ne croyez pas pourtant que ma bouche en abuse,
Elle a trop de respect pour vouloir approcher
D'vne couppe, où la vostre a dessein de toucher.

LIGDAMIS.

Si faut-il satisfaire à cette fantaisie.

THEAGE.

Grand Prince cet honneur passe la courtoisie

H ij.

Aussi le faites vous par diuertissement.

LIGDAMIS.

Ie parle tout de bon, & veux absolument
Que vous m'obeissiez, puis que ie le commande

THEAGE.   en se reculant.

Ie ne merite pas vne faueur si grande
Seigneur dispensez, moy de cet extreme honneur.

LIGDAMIS.

Vous reculez en vain

THEAGE.

Ah mon prince! ô malheur!

Tandis que le respect me tenoit en extaze
Tout le vin par mesgarde est coulé de ce vaze.

LIGDAMIS.

Ah Theage! vn refus à bon droit si suspect
Est vn trait de malice & non pas de respect,
Et ta subtile addresse euitant ma contrainte,
A destourné l'effect d'vne mortelle atteinte :
Quoy doncq à ta premiere, & lasche trahison
Il falloit ame ingratte adiouter le poison?
Il falloit desloyal pour me rauir Orphise
Contre ton souuerain faire cette entreprise?
Et pour te contenter commettre vn attentat
Qui deuoit mettre en deuil tout ce superbe estat,
Ouy, ouy pour satisfaire à ta brutale enuie,
Il estoit important d'attenter à ma vie :

Mais le ciel qui se rend des princes Protecteur
En fera rejallir le trait sur son autheur:
Cependant Doristel ie le mets en ta garde.

THEAGE.

Et moy i'atteste icy le ciel qui nous regarde,
Et qui void le secret de mon intention,
Que la mesme innocence a fait mon action.

SCENE CINQVIEME.

HELIONE. ARIOMANT.

HELIONE.

NE deliberons plus en des choses certaines,
Ma resolution est de reuoir Atheines,
Thebes m'est odieuse, & son triste sciour
Est le tombeau fatal, où s'esteint mon amour.
C'est trop long-temps seruir de fable & de risée
A ce peuple insolent dont ie suis mesprisée,
Il faut Ariomant preuenir vn affront
Dont la honte desia me fait rougir le front.
Le prince empoisonne des appas d'vne Orphise
A ma confusion triomphe de sa prise,
Il l'aime, il la caresse, & cet Amant sans foy
Prefere vne suiette à la fille d'vn Roy.

H iij

ARIOMANT.

Pour plus adroitement sortir de cet affaire
La prudence (ma sœur) est icy necessaire,
La passion qui regne en vostre ieune cœur
Est un mauuais moyen pour le rendre vainqueur
Bien que vostre courroux soit assez legitime ;
Son excez toutesfois offence vostre estime
Puis qu'il fait esclatter par un zele indiscret
Le depit d'un affront qu'il faut tenir secret.

HELIONE.

Ah! le ressentiment d'un si visible outrage
Par de nobles transports reueille mon courage !
Et d'un aueugle amour esteignant le flambeau
Me fait briser ses traits, & rompre son bandeau:
Il faut, puis qu'à ce mal il n'est point de remede
Qu'a mon affection la vangeance succede,
Et que pour reparer le mespris de mes vœux
Ie la fasse passer iusques à nos neueux.
Si iamais quelque Amant prend le soing de me plai-
re,
Mon amour luy rendra ma hayne hereditaire,
Et le premier serment où ie veux l'obliger
Sans doute ce sera celuy de me vanger.

ARIOMANT.

Encor que Ligdamis contre toute apparence
Ayt trompé vostre amour comme vostre esperence,

Ce point vous semble t'il tellement important
Qu'il faille tout hayr pour vn homme inconstant?
Non non, considerez que le grand Hermodore,
Le peut faire changer, & vous le rendre encore,
Et que l'amour qu'il a pour de moindres appas
Est vn feu passager qui ne durera pas.

HELIONE.

Mon ame (Ariomant) est assez genereuse
Pour ne pas mandier vne flame amoureuse,
Ce prince desormais est indigne de moy,
Puis qu'il reçoit d'Orphise vne honteuse loy
Non non, ma passion ne veut pas le contraindre,
Mais n'ayant pû m'aimer, le forcer à me craindre.
Ouy Thebes, cette main que tu deuois cherir
S'armera quelque iour pour te faire perir,
Et mon ressentiment te prepare la foudre,
Qui dedans peu de temps te doit reduire en poudre,
Ta perte desormais est mon vnique soing
Et ton perfide Prince en sera le tesmoing.
Mais voicy Zaralinde.

SCENE SIXIESME.

HELIONE. ARIOMANT. ZARALINDE.

HELIONE s'auançant vers Zaralinde.

EXcusez moy Madame;
Si ie ne puis cacher les transports de mon ame,
De trop iustes raisons viennent de m'animer
Contre le mesme estat que ie deuois aymer,
Ne me demandez pas le suiet de ma plainte,
Vous sçauez le depit dont mon ame est atteinte,
Et que ie suis de sang, & de condition
A ne pas endurer vne si lache action:
Que le prince Madame adore son Orphise,
Qu'il acheue à mes yeux cette belle entreprise,
Qu'il braue mon amour par vn indigne choix.
Helione est princesse, & la Grece a des rois.

ZARALINDE.

Madame: ie serois aueugle, & temeraire
Si ie prenois icy le party de mon frere;
Veu que ie sçay sa faute, & que vostre bonté
Luy presente vn honneur qu'il n'a pas merité.
Il est vray que surpris par les charmes d'Orphise
Il n'a pû de ses traits deffendre sa franchise,

Mais

Mais la mesme beauté qui fit sa passion
Par de iustes mespris fait sa punition
Et sans se soucier de ce grand aduantage
Se declare tousiours en faueur de Theage.
Moderez doncq (Madame) vn peu vostre cour-
    roux
Montrez à Zaralinde vn visage plus doux,
Ou bien si ie vous fais vne iniuste priere
Vangez vous sur la sœur de l'offence du frere:
Pour reparer le tort qu'on fait à vos attraits
Faites vous de mon cœur vne butte à vos traits
Mais cherissez au moins vn Roy qui vous adore,
Qu'à commis contre vous l'innocent Hermodore?
Quoy ne voulez pas cet Empire espargner?
Abatrez vous le trône ou vous deuez regner?
Ah pour mieux triompher employez d'autres ar-
    mes,
Tirez de Ligdamis moins de sang, que de larmes,
Mieux qu'vn fer ennemy cet œil tousiours vain-
    queur.
Sans doute trouuera le chemin de son cœur.

ARIOMANT.

Ah ma sœur ! pouuez vous resister à des charmes
Et croyez vous auoir de si puissantes armes,
Que vous ne les sentiez de vos mains arracher
Par les mesmes efforts dont ie me sens toucher.

Non sans doute Helione, il n'est point de deffence
Contre cette admirable & diuine eloquence,
Il faut, il faut ceder à ces diuins appas.

H E L I O N E.

He bien (Ariomant) ie ne me deffend pas,
Puis qu'il n'est pas permis d'estre icy genereuse,
Taschons encore vn coup de nous rendre amoureuse;
Resoluons nous mon cœur à ce dernier effort,
Et recherchons en fin le naufrage, ou le port.

Z A R A L I N D E.

Madame : asseurez vous qu'vne insigne victoire
Restablira bientost l'esclat de vostre gloire,
Et que par vos attraits mon frere humilié
Rougira qu'il se soit tellement oublié
Que d'auoir preferé l'amour d'vne sujette
A cette Maiesté si rare, & si parfaitte.
Ouy Madame, ie sçay l'adresse, & les moyens
Qui le doiuent tirer de ses honteux liens,
Et forcer la rigueur de cette ame hautaine
A receuoir de vous vne plus noble chaisne,
Pourueu que vous vouliez escouter mes aduis.

H E L I O N E.

Ils seront (Zaralinde) escoutez, & suiuis.

SCENE SEPTIESME.

LIGDAMIS. ORPHISE.

LIGDAMIS.

HE bien (chere beauté) ce cœur inexorable
Ne se lasse t'il point de me voir miserable ?
Voulez-vous que i'endure vn iniuste tres_pas
Pour auoir fait hommage à vos diuins appas?
Et si ie les prefere aux grandeurs d'Helione
Le tombeau sera t'il le salaire d'vn trône ?
Ah Madame ! voyez ou l'amour ma reduit,
Détrompez cet esprit que Theage à seduit,
Et souffrez maintenant qu'il vous fasse connoistre
Qui vous deuez aymer ou d'vn Prince, ou d'vn
   traistre.

(Dans la chambre où il l'auoit mise apres son enleuemét)

ORPHISE.

L'vn n'est pas plus que l'autre agreable à mes yeux,
Aussi pour mon repos ie les fuiray tous deux;
Car le vice de l'vn choque mon innocence,
Et l'autre a des grandeurs dont la pompe m'offence.

LIGDAMIS.

Si le sort d'vn Amant estoit moins rigoureux
Pour voir que son riual est aussi malheureux

I ij

Ie me conſolerois de ſçauoir que Theage
N'a plus ſur Ligdamis cet heureux aduantage
Qu'il a touſiours tenu de voſtre aueuglement.

ORPHISE.

Dites de ſon merite, & de mon iugement
Qui feront qu'àiamais nos innocentes flames
Malgré tous vos projets vniront nos deux ames.

LIGDAMIS.

Vous démentez icy voſtre propre raiſon,
Et voſtre ame en l'aymant ayme la trahiſon:
Ouy (Madame) ce braue,& genereux Theage
Ma fait voir ce matin ſon illuſtre courage,
Et ſi le ciel euſt pû permettre vn coup ſi beau
Voſtre ennemy ſeroit maintenant au tombeau;
Ce prince infortuné dont l'amour vous offence
Donneroit à vos feux vne entiere licence,
Et par des complimens ſi longs, & ſuperflus
Comme ie faits encor, ne vous ennuyroit plus :
Mais (Orphiſe) les Dieux ennemis du perfide
M'ont ſauué des appas d'vn breuuage homicide,
Et trompant les effets d'vn funeſte poiſon
Au lieu de mon cercueil, ont baſty ſa priſon.

ORPHISE.

Les princes comme vous pour perdre vn miſerable
Rendent quand il leur plaiſt vn innocent coupable,
Mais quoy que vous diſiez, Theage eſt trop bien né

Pour croire qu'il en soit iustement soupsonné
On l'acuse pourtant, & la bouche prophane
D'vn riual enuieux le iuge, & le condamne:
Mais croyez (Ligdamis) que ces lasches moyens
Bien qu'ils soient specieux aux yeux des Cytoyens
Ne trouueront iamais mon ame assez credule
Pour luy faire estouffer le beau feu qui me brusle;
Ouy ouy continuez à procurer sa fin,
De prince glorieux, deuenez assasin,
Pour vous vanger de moy faites vne iniustice,
Puis que Theage m'ayme, il merite vn supplice,
Il faut verser son sang pour esteindre ses feux;
Mais que vous estes loing du succez de vos vœux,
Si vous croyez iamais qu'apres vn tel outrage
Ie puisse regarder le meurtrier de Theage:
Non non, n'esperez pas que ie touche en la main
Qui peut estre à signé cet arrest inhumain,
Le sang de mon amant me la rend odieuse,
Ostez moy quant & quant vne vie ennuyeuse,
Asseure que le coup qui me la rauira
Est la seule action de vous qui me plaira.

LIGDAMIS:

Bien bien, puis qu'à mes vœux vous estes si côtraire
Orgueilleuse beauté ie vay vous satisfaire,
Et d'vn iuste trespas vanger ce noble cœur
Et de ses trahisons, & de vostre rigueur.

Ouy Theage moura Madame, ie le iure:
Et vos yeux arrogans verront son aduanture,
Ils verront cet Amant que vous portez si haut.
Mettre bas son orgueil sur vn triste eschaffaut;
Non pas pour le poison dont la preuue est trop claire
Mais plustost pour auoir esté si temeraire,
Que d'ozer esleuer au mespris de sa foy
Ses superbes regards en mesme lieu que moy.

ORPHISE.

Va tygre, va cruel, assouuis ton enuie,
Immole à ta fureur vne si belle vie,
Si mes iustes douleurs ne preuiennent tes soins,
Mes yeux mesme (barbare) en seront les tesmoins,
Mais apres mes deuoirs rendus à l'innocence
Les tiens verront aussi ma mort, & ma constance,
Et tu reconnoistras quoy qu'il faille endurer
Que ce qu'Amour à ioint ne se peut separer.

ACTE V.
SCENE PREMIERE.
ZARALINDE. HELIONE.
ZARALINDE.

Eut eftre mon aduis choque voftre courage,
Mais fon fuccez (Madame) appaifera
l'orage,
Qu'vne flame indifcrette excite en cette cour,
Et par luy vous verrez triompher voftre amour:
Ouy Madame, ce coup fait le falut d'vn Prince,
D'vn malheur euident fauue cette prouince,
Et retire des fers vn miferable Amant
Qui n'eft point criminel que d'amour feulement,
Ie ne connois que trop le fujet de fa prife
Il feroit innocent s'il n'aymoit pas Orphife.
Et fi ce Cheualier a commis quelque mal
C'eft que mon frere a fceu qu'il eftoit fon Riual
En tout cas pour agir auec plus de prudence
On peut adroittement fonder fon innocence
Et fi nous le trouuons coupable du poifon.

ORPHISE

Nous le ferons changer seulement de prison.

HELIONE.

Allons: puis que mon mal veut vn remede extréme
En cette occasion ie me vaincray moy-mesme,
Ie suiuray vos conseils, & par cette action
I'exciteray l'amour, ou la compassion.

ZARALINDE.

Entrons.

❊❊❊❊❊❊❊❊❊❊❊❊

SCENE DEVXIESME

ZARALINDE. HELIONE. DORISTEL.

DORISTEL.   les arrestant.

Qve voulez vous Madame ?

ZARALINDE.

Doristel.

Arreste-là : ie veux parler au criminel.

DORISTEL.

Le prince m'en a fait vne expresse deffence.

ZARALINDE.

Va : mon authorité de ce soing te dispense,
Tu retardes icy par ce facheux debat
Le salut de mon frere & celuy de l'Estat:
Ne sois pas en soucy de ce que ie vay faire,

Ie te

Ie te ſuis caution de toute cette eſſaire,
Et ma foy t'en promet d'agreables effets.

DORISTEL.

Ah Madame en ce cas i'obeïs, & me tais.

SCENE TROISIESME.

ZARALINDE. HELIONE. THEAGE.

Dans la priſon.

ZARALINDE.

Q Vitte l'eſtonnement, leue les yeux Theage,
Ne croy pas noſtre abord de ſi mauuais pre-
Le deſſein de chaſſer ta crainte, & ton ſoucy [ſage,
Eſt l'vnique ſujet qui nous ameine icy:
Voy cet aſtre diuin, regarde cette Reine,
Son extréme bonté te doit tirer de peine,
Te deſtacher des fers, toſter de ces priſons,
Et pour ton innocence employer ſes raiſons.

THEAGE.

Zaralinde il eſt vray que parmy mes deſaſtres
Ie n'euſſe iamais creu qu'on veit icy des aſtres;
Auſſi quand leur eſclat à paru dans ces lieux,
Saiſi d'eſtonnement ay-ie baiſſé les yeux:
Mais ie reſpire à peine apres tant de merueilles,

K

Qu'vne autre illusion enchante mes oreilles
Et qu'vn charme puissant que forment vos discours
Flatte mon desespoir d'vn friuole secours.

HELIONE.

Non non elle n'a pas vostre oreille abusée
Ce que fit Ariane autrefois pour Thesée,
Ie le feray pour vous s'il se peut aujourd'huy
Sans pretendre de vous, ce qu'on vouloit de luy.
Ouy Theage ie veux vous tirer des tenebres,
Et donner à vos yeux des objets moins funebres,
Ie veux vous rendre Orphise & son affection,
Et de plus vous seruir icy de caution.

THEAGE.

Est-ce pour esprouuer (Princesses adorables
Si quelque vanité flatte les miserables ?
Ou bien si dans l'estat ou ma reduit le sort,
Ie puis encore auoir l'esperance du port ?
Non non d'vn front esgal, & d'vn courage ferme,
I'attens de mon trespas le déplorable terme,
Ie ne crains pas la mort, car ie meurs chaque iour,
Mais ie crains en mourant de perdre mon amour.

HELIONE.

Bannissez la frayeur qui possede vostre ame
Theage ie feray triompher vostre flame,
Et malgré le pouuoir d'vn riual enuieux,
Orphise encore vn coup vous charmera les yeux:

D'vn crime supposé ie feray vostre gloire,
Et d'vn triste eschaffaut vn beau champs de victoi-
re,
Mais nous perdōs du temps, Theage, il faut partir.

THEAGE.

Vous vous mocquez de moy le moyen de sortir,
Ce Chasteau n'a t'il plus de gardes, ny de portes?

ZARALINDE.

Vn charme tout nouueau t'ouurira les plus fortes,
Et ie prendray le soing de conduire tes pas
Hors de ce labyrinthe ou regne le trespas,
Escoute seulement ce qu'il faut que tu fasses
Si tu veux que le ciel finisse tes disgraces.

THEAGE.

Ie suis prest d'obeyr à vos commandemens.

HELIONE.

Il vous faut desguiser soubs mes habillemens,
Et de peur de donner aux gardes de l'ombrage
D'vn voile adroitement vous couurir le visage;
Pour moy soubs vn habit au vostre tout pareil
Ie veux rester icy.

THEAGE.

Quoy c'est doncq ce conseil,
Et ce rare secours qui doit sauuer Theage?
Ah ! diuine Princesse il a trop de courage
Pour vouloir mandier par vne lascheté

K ij

Vne honteuse vie, ou bien sa liberté :
Ce coupable dessein perdroit mon innocence,
Et ma fuitte seroit vn adueu de l'offence.

ZARALINDE.

Ie te donneray lieu de te iustifier,
Mais pour vn peu de temps force ce cœur altier,
Theage il ne faut point faire icy du rebelle,
Lors que l'occasion se presente si belle,
Pour euiter l'affront d'vn trespas rigoureux
Il sied bien quelquefois d'estre moins genereux,
Tout ce deguisement cache vn secret mistere,
Cesse doncq de te rendre a toy mesme contraire,
Et sans plus t'arrester à cette vanité
Ne sois pas ennemy de ta felicité.

THEAGE.

Puis que vous sçauez l'art de faire des miracles
Grandes diuinitez ie suiuray vos oracles,
Et sans plus escouter mes inclinations,
Ie me feray des loix de vos intentions.

HELIONE.

Vous ne deuez rien craindre en suiuant ce bel ange.

ZARALINDE.

Ny Ligdamis aussi se plaindre de ce change.

SCENE QVATRIEME.

HERMODORE. ARIOMANT.

HERMODORE.

I'Aduoüe Ariomant que vous m'auez surpris
Par ce nouueau complot que vous m'auez apris,
Ie croyois que le Prince eust vne ame plus haute
Et qu'il ne pouuoit faire vne si lourde faute,
Mais puis qu'en son deuoir il s'est tant oublié
Ie rompray bien les nœuds dont son cœur est lié,
Et ie luy feray voir qu'en perdant Helione
Il perd en mesme temps l'espoir de ma couronne.

ARIOMANT.

Ce que ie vous ay dit n'est pas pour vous aigrir.

HERMODORE.

Non: Mais Ariomant ie ne sçaurois souffrir
Que ce Prince imprudent obscurcisse sa gloire
Par le triste renom d'vne action si noire,
Les remedes tardifs ne sont iamais puissans,
On peut donner secours à des malheurs naissans,
Mais quand ils ont vielly c'est enuain qu'on essaye
De fermer nettement cette importune playe,
Il faut donc de bonne heure employer la raison

K iij

Pour guerir son esprit de ce subtil poison
Qu'orphise par ses yeux a ietté dans son ame
Et luy remettre au cœur vne plus noble flame :
Ie veux que son amour s'accorde à mes desirs,
Que de mes volontez il fasse ses plaisirs
Que son respect paroisse en son obeïssance
Et que par ses deuoirs il prouue sa naissance ;
Si l'ingrat me connoist pour autheur de son sang
Si ma bonté l'a mis en ce superbe rang,
Où chacun le respecte ou tout le monde l'aime
Est ce pour se vouloir opposer à moy-mesme,
Non non, Ariomant s'il auoit cet orgueil
Ie sçay bien le moyen de le mettre au cercueil,
S'il veut continuer malgré moy son audace
Vn plus obeïssant occupera sa place,
Et ie luy montreray le forçant de ceder
Que qui sçait obeir apprend à commander.

ARIOMANT.

Sire cette imprudence est vn trait de ieunesse
Qu'il faut de Ligdamis tirer auec adresse,
On le peut aisement guerir de sa fureur
Puis que c'est vn enfant qui cause son erreur,
Son ame imprudemment d'vn aueugle guidée
S'est laißée emporter à la premiere idée,
Mais lors que la raison esclairera ses sens
Ses fers pour l'arrester deuiendront impuissans,

Son cœur plus genereux desaduoüra sa prise
Et rougira des vœux qu'il a faits pour Orphise.

HERMODORE.

Ah ! ie ne le veux pas si doucement traitter
L'amour est vn enfant qu'il ne faut point flatter,
Et qui ne reçoit plus iamais de medecines
Quand son mal ai etté de profondes racines,
Le coup est dangereux puis qu'il touche le cœur
Empeschons s'il se peut qu'il n'en reste vainqueur,
Quand on cognoist le mal ce n'est pas peu de chose.
On en detruit l'effet quand on oste la cause,
Et de plus pour agir en ce malheur pressant
Nous auons vn remede agreable & present
Dés qu'il aura gousté les attraits d'Helione
Et ce charmant esclat que sa grace luy donne
Aussi-tost consultant ses yeux & sa raison,
Il leur reprochera leur lasche trahison,
Et par vne prudente & loüable inconstance
Vous verrez son amour reparer son offence
Mais d'vn superbe pas il s'aduance vers nous
Et ie lis dans ses yeux vn visible couroux,
Escoutons le parler.

Ligda-
mis pa-
roist.

SCENE CINQVIESME.

HERMOD. ARIOM. LIGD. & des gardes.

LIGDAMIS.

SIre Sire iuſtice
Vn perfide porté d'vne noire malice
Sans eſgard ny reſpect de perſonne ou de rang
S'eſt attaqué Seigneur à voſtre propre ſang,
Ouy contre voſtre ſang on a commis vn crime
Et Ligdamis eſtoit l'innocente victime
Qu'on vouloit immoler par vn mortel poiſon.

ARIOMANT,

O Dieux!

HERMODORE.

Quel eſt l'autheur de cette trahiſon?

LIGDAMIS.

Theage à conſpiré cette horrible entrepriſe.

HERMODORE.

Ah pluſtoſt (Ligdamis) dites que c'eſt Orphiſe.

LIGDAMIS.

Ie ne puis accuſer cet innocent obiet.

HERMODORE.

Elle a fait toutesfois ce damnable proiet,

LIGDAMIS.

LIGDAMIS.
De cette perfidie elle n'est point capable.

HERMODORE.
Plus que Theage encor ie la trouue coupable :
Car si l'vn à tasché dempoisonner le corps,
L'autre pour perdre l'asne à fait tous ses efforts,
Et puis voulez vous bien que i'ordonne vn supplice
Pour vn crime où ie sçay que vous estes complice?
Ou Theage peut estre à seruy seulement
A la rage d'amour de fatal instrument,
Orphise à ce poison à fourny la matiere,
Ses yeux de ce malheur sont la cause premiere,
Mais vous estes entré dans ce lasche party,
Et vous auez vous-mesme à vos maux consenty :
Supposons que Theage ayt conspiré ce crime,
Le vostre Ligdamis est-il plus legitime ?
Et vous est il permis d'oster à vos sujets
Les beautez que l'amour leur donne pour objets,
Croyez vous pour les voir en vn rãg moins auguste
Que leur ressentiment ne soit pas aussi iuste?
Ouy, ouy, Prince ou suiet tout est indifferend,
On ne discerne point ny qualité ny rang
Soubs le bandeau sacré que porte la Iustice,
Le sang ne change point la nature du vice,
Et cette Deïté pese d'vn mesme poix
Les actions du peuple & celles des grands Roys,

Doncques si vous voulez qu'on vous fasse iustice,
Commencez le premier cet equitable office,
Ostez de vostre esprit cet amoureux poison,
Et de l'autre mon fils on vous fera raison.

LIGDAMIS.

Ie confesse grand Roy, que mon ame est esprise
Des rares qualitez qu'on admire en Orphise,
Et quoy que ma raison ayt long-temps combatu,
Ie ne puis m'empescher d'adorer sa vertu:
Mais pour cette action, Sire, suis-ie coupable?
Est-ce vn crime d'aymer vne personne aymable?
Et Theage a t'il droit de me faire mourir?
Par ce que i'ay rauy ce qu'il veut acquerir.

HERMODORE.

Vn crime Ligdamis n'authorise pas l'autre,
Et la tache du sien n'efface pas la vostre:
Theage est criminel, & vous l'estes aussi,
Mais rendez sur ce point mon esprit esclaircy.
Voulez vous renoncer à l'amour d'Helione?
Et perdre auec ses vœux l'esperance d'vn trône,
Dites, si c'est vn droit que vous vouliez ceder,
Ce Prince Ligdamis me pourra succeder,
Et prendre à la faueur d'vn celebre hymenée
Le faix d'vne couronne à vos vœux destinée.

ARIOMANT.

Sire, vostre bonté me fait trop de faueur,

Et ie n'aspire pas à cet extréme honneur;
Mais si vous m'honnoricz de tant de bienueillance
Que de me receuoir dedans vostre alliance,
Ie trouuerois assez dequoy me contenter,
Sans qu'au Prince il fallut pour cela rien oster.

HERMODORE.

Il est vray qu'vn grand cœur comme on void qu'est
  le vostre
Ne veut pas s'enrichir des miseres d'vn autre,
Le but de ses desseins est tousiours genereux
Et se plaist seulement à faire des heureux,
Si ce noble desir maintenant vous possede,
Ie ne m'en deffens point, i'y consens, & ie cede.
Et Zaralinde mesme adorera le iour
Qui soubmettra sa vie aux loix de vostre amour,
Mais vn secret destin à propos nous la meine.

zaral.
paroist.

SCENE SIXIESME.

HERMOD. ARIOM. LIGD. ZARAL.

ZARALINDE. parlant à Ligdamis.

AH! mon frere est-ce vous? Dieux que i'estois
  en peyne!
Vn faux bruit espandu par toute la cité

M'a fait venir icy d'vn pas precipité
Pour apprendre du Roy la funeste aduanture
Dont ce peuple ignorant confusement murmure:
On disoit que Theage eschappé de prison
D'vn mauuais traittement auoit tiré raison,
Et d'vn coup merueilleux braué vostre puissance;
Mais ces fauces rumeurs n'ont aucune apparence.

LIGDAMIS.

Qu'il soit encore aux fers ou bien qu'il n'y soit plus
Tout ce soin chere sœur me semble superflus,
Puis que sa Majesté veut estre son refuge
Et se rend tout ensemble & protecteur & iuge,
Il peut tout entreprendre ayant vn tel appuy,
Et la iustice mesme est sans foudres pour luy,

HERMODORE.

L'aueugle passion qui tousiours vous transporte
Vous pousse Ligdamis, à parler de la sorte,
Mais ie vous feray voir auant que de partir
Que le vice tousiours traine le repentir :
Que ie sçay comme il faut punir vne insolence,
Et contre la fureur deffendre l'innocence,
Cette animosité qui manque de respect
Ne sert aupres de moy qu'à vous rendre suspect,
Et i'ay creu que ce crime estoit vne imposture
Par la seule raison de vostre procedure.

LIGDAMIS.

Sire, le crime est tel qu'il ne se peut nier.

HERMODORE

Il faut pour cet effet ouyr le prisonnier.
Gardes, despeschez vous, amenez moy Theage,
Que ie fasse cesser ou creuer cet orage,
Le faict est important comme il est capital,
Et ce iour luy sera favorable ou fatal.
Cependant Ligdamis, faites venir Orphise.

LIGDAMIS.

Cette belle, Grand Roy, n'est pas de l'entreprise.

HERMODORE.

Il n'importe, ie veux qu'elle paroisse aussi,
Commandez promptement qu'on me l'ameine icy.

LIGDAMIS.

Fay pour elle ma sœur cet agreable office.

ZARALINDE.

Ie veux bien Ligdamis, luy rendre ce seruice,   elle sort.
Il me coustera moins que son affection.

HERMODORE.

C'est icy Ligdamis, que vostre passion
Par un sain iugement doit estre moderée
Et rendre la raison à vostre ame esgarée,
C'est icy, qu'il faut faire esclatter vos vertus
Sur les coupables mesme à vos pieds abbatus,
Et croire que souuent une adroitte indulgence

Punit mieux les forfaits qu'vne extréme van-
geance.
La clemence, mon fils, est la vertu des Rois,
Laisse faire aux Tyrans des rigoureuses loix,
Et que cette maxime en ton cœur soit empreinte
Que l'amour fait regner plus long-temps que la
crainte.
Mais Orphise paroit, & cet objet charmant
D'vn pas maiestueux deuance son Amant :
Donnons à ses discours vne belle audience.

SCENE SEPTIESME.

HERM. LIGD. ZARAL. ORPH. ARION. HEL.

ORPHISE.

Grand Monarque, auiourd'huy ie faits expe-
rience
Qu'il est bien malaisé de diuertir le cours
De l'aueugle destin qui preside à nos iours,
Le barbare qu'il est, triomphe en mille sortes,
Pour nous tirer du monde il ouure mille portes,
Et l'innocence mesme auec tous ses attraits
Ne sçauroit euiter l'atteinte de ses traits,
Quand il a conspiré contre vne illustre vie

Afin de la rauir il excite l'enuie,
Craignant que la vertu ne luy dresse vn autel
Et d'vn de ses suiets ne fasse vn immortel,
C'est ce foudre, grand Roy, qui forme la tempeste,
Qui menasse à present vne innocente teste,
Et c'est par ce moyen que ce monstre hydeux,
Pensant n'en frapper qu'vn en fera mourir deux,
Ouy, Sire, ie me viens exposer à l'orage
Dont on veut opprimer la vertu de Theage,
Et comme nostre amour confond nos interests
Auecque luy subir vos rigoureux arrests.

HERMODORE.

Orphise, donnez trêue à vos iniustes plaintes,
Aujourd'huy l'equité dissipera vos craintes,
Et s'il est innocent mon pouuoir souuerain
Vous fera respirer soubs vn ciel plus serain.

***

SCENE HVITIESME.

Tous les autheurs hormis Theage.

ORPHISE.

Helione
paroist.

O Dieux! ie l'appersois qui ne marche qu'à pei-
　　ne,
Traînant indignement vne honteuse chaisne
Ah! cet objet me tuë!

LIGDAMIS.

　　　　　　Est-ce vne illusion?
Ou bien le triste effet de ma confusion
Qui me fait rechercher en ce charmant visage
Et soubs ce vestement la forme de Theage?
Non, non, ie suis trahy par vn trait solemnel,
Cest obiet est trop beau pour estre criminel,
Et l'air maiestueux de ces yeux adorables
Fait voir qu'il vient icy pour iuger les coulpables
Ah! Madame.

HELIONE.

　　　　　　Tout beau ie merite ces fers,
Bien plus qu'vn innocent qui les a trop souffers,
Moy seule i'ay causé vos tourmens & vos peines
I'ay rompu vos amours, vos prisons, & vos chaines
　　　　　　　　　　　　　　　　Et

Et pour vous susciter vn ennemy fatal
I'ay pris arrogamment le party d'vn riual,
Ouy i'ay sauué Theage, & par cette licence
De vostre inimitié i'ay sauué l'innocence,
Si vous vous offencez de ma temerité
Assoüuissez sur moy vostre esprit irrité,
Prenez de mon audace vne haute vangeance,
Et nous aurons tous deux vne extréme allegeance,
Car vn si noble coup calmera vos esprits
Et vous vous defferez d'vn obiet de mespris,
Qui trouuera la mort beaucoup plus fauorable
Que de continuer vn sort si deplorable:
Que differez vous donc, prononcez mon arrest
Ie ne me deffends point le supplice est-il prest,
Hastez vous de finir & ma honte & mes peines
Voudriez vous bien helas que ie reuisse Atheines
En l'estat ou ie suis & portant vn affront
Qui ternit auiourd'huy tout l'esclat de mon front,
Ah! braue Ligdamis ie ne suis pas si lâche
I'ayme mieux que mon sang en efface la tache,
Et qu'vn trait de la mort en me priuant du iour
Arrache de mon cœur les fléches de l'amour.

HERMODORE.

Quoy mon fils est-ce ainsi qu'on traitte vne Princesse!
Sont-ce là les honneurs qu'on doit à sa noblesse?

M

Sont ce là les deuoirs que vous auez promis ?
Traitiez vous cet obiet comme vos ennemis ?
Ah ! brifez fes liens, detachez cette chaine
Que l'eſtat de captif cede à celuy de Reine,
Et pour vous difpoſer à luy faire raiſon
Quelle mette à ſon tour voſtre cœur en priſon.

LIGDAMIS.

Quoy voulez vous au lieu de punir mon offence
Quelle donne à mon crime vne ample recompenſe,
Ah ! vangez là pluſtoſt, ie reconnois mon tort
Et ma confeſſion doit conclure ma mort.
Si toutesfois Madame vn Prince miſerable
Pouuoit par ſes regrets vous rendre pitoyable,
Ie vous coniurerois d'excuſer mon erreur,
Et d'oublier l'excez d'vn aueugle fureur ;
Mais ce ſeroit vous faire vne iniuſte demande,
Ie ſuis trop peu de choſe, & ma faute eſt trop gran-
de
Pour obtenir de vous vn ſi noble pardon.

HELIONE.

Mon amour Ligdamis vous accorde ce don
Et comme la pitié fond toute voſtre glace
Elle meſme à preſent me touche, & vous fait grace.

LIGDAMIS.

Pour vn crime ſi grand mes iuges ſont trop doux,
Et i'en appelle, Sire, auiourd'huy deuant vous.

HERMODORE.

Bien qu'elle semble vser enuers vous de clemence
Le pardon est souuent vne haute vangeance,
Et par ce chatiment elle vous fait sentir
Les peines qu'aux grands cœurs donne le repentir:
Mais pour mieux satisfaire vne si belle dame
Ie ioints à ce tourment, & les fers, & la flame,
Et qu'Amour, & l'Hymen ces aymables Tyrans
Soient les executeurs de l'arrest que ie rens.

LIGDAMIS.

Douce punition! agreable supplice!

HELIONE.

Que i'adore les loix d'vne telle iustice!

HERMODORE.

Pour loger des tesmoins de nostre iugement
I'accorde Zaralinde aux vœux d'Ariomant:
Et si Theage peut prouuer son innocence
Ie veux qu'Orphise aussi l'ait pour sa recompence,
Qu'on le fasse venir.

ORPHISE.

Grand Prince le voicy
Qui d'vn pas triste, & lent temoigne son soucy.

SCENE DERNIERE.
TOVS LES ACTEVRS.
THEAGE.

GRand Monarque, preßé de mon impatience,
Plus que du repentir, ou de ma conſcience,
Ie ne viens pas icy vous demander pardon;
Mais bien vous eſclaircir d'vn iniuſte ſoupçon,
Que le Prince à conceu d'vn malheureux breuua-
ge
Qu'vn iniuſte eſtonnement fit reſpandre à Theage,
Lors que par Ligdamis en vain ſolicité
Il reffuſa de faire vne inciuilité :
En cette occaſion ma main fut peu hardie
Et mon reſpeſt paſſa pour vne perfidie,
On me creut auſſi-toſt coupable de poiſon,
Et ſoubs ce faux pretexte on me mit en priſon :
Mais, Sire, s'il vous plaiſt d'examiner ma faute,
Au lieu de m'accuſer d'vne audace ſi haute,
Vous ne remarquerez en toute l'aſtion
Que beaucoup d'innocence, & de diſcretion :
Le Prince m'enuoya chercher parmy la plaine
Pour ſe deſalterer l'eau de quelque fontaine,

Mais n'ayant découuert fontaine, ny ruisseau
I'allay diligemment vers le prochain hameau
D'oùi apportay le vin, & la couppe innocente
Qui trahit par malheur ma main obeïssante :
Le Prince me pressoit & i'estois interdit
Si bien que par malheur le vin se rependit,
Voila le fondement du fait dont on m'accuse,
Mais pour tout ce soupçon il ne faut qu'vne excuse,
N'ayant aucun motif pour cette trahison,
Ou pouuois-ie (Seigneur) auoir pris du poison?
Le temps de mon retour fit voir mon innocence,
Et mon cœur n'auoit point de sujet de vangeance,
Outre que ma naissance, & que mes actions
Parlent trop clairement de mes intentions:
Toutesfois (s'il vous plaist) faites mourir Theage
Quoy qu'il soit innocent.

LIGDAMIS.

      N'en dy pas dauantage.
Trop de credulité fit tort à ton respect,
Ie connois mon erreur, tu ne m'es plus suspect,
Pour appaiser tes maux ie te rens ton Orphise,
Et ie te faits vn don que mon pere authorise.

HERMODORE.

Ouy Theage reçoy cette rare beauté
Comme le noble prix de ta fidelité.

THEAGE.

Ozeray-je esperer bel astre de ma vie
De voir d'vn si beau nœud ma franchise asseruie?

ORPHISE.

Apres tant de sermens en pouuez vous douter ?
Non, mon cœur est vn prix qu'on ne vous peut oster
Et vous deuez autant pour cette iouissance
A mon affection, qu'à mon obeissance.

HERMODORE.

Enfin cet heureux iour si long-temps differé
Est venu quand mon cœur l'auoit moins esperé,
Et lors que ie prenois le bandeau de iustice,
Ie pense que le sort par vn plaisant caprice,
A deuoilé mes yeux de ce funeste atour,
Et remis en sa place vn bandeau de l'Amour :
Enfin ce petit Dieu qui causoit nos tempestes
A luy mesme esloigné l'orage de nos testes,
Et le mesme pouuoir que ie craignois si fort
Loing de nous abismer nous amis dans le port.

FIN.

www.ingramcontent.com/pod-product-compliance
Lightning Source LLC
Chambersburg PA
CBHW070746280626

47162CB00017B/2402